KB253338

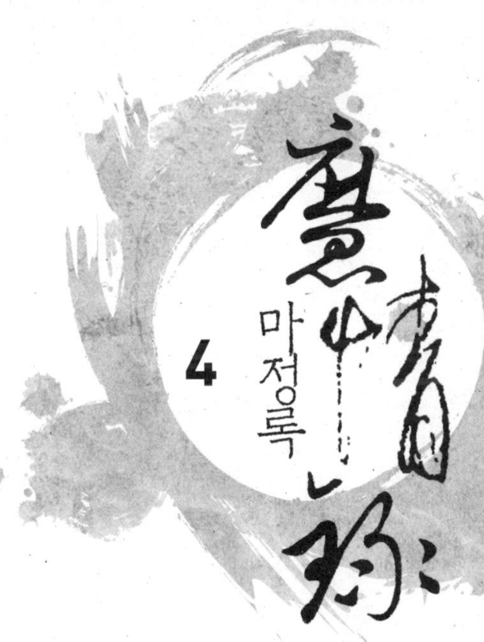

장담 신무협 장편소설

dream books
드림북스

마정록(魔情錄) 4 마정유정(魔情有情)

초판 1쇄 인쇄 / 2012년 8월 27일
초판 1쇄 발행 / 2012년 9월 6일

지은이 / 장담

발행인 / 오영배
편집팀장 / 권용범
책임편집 / 편집부
펴낸 곳 / (주)삼양출판사 · 드림북스

주소 / 서울특별시 강북구 송천동 322-10호
대표 전화 / 02-980-2112 팩스 / 02-983-0660
편집부 전화 / 02-980-2116 팩스 / 02-983-8201
블로그 / blog.naver.com/dreambookss

등록번호 / 제9-00046호
등록일자 / 1999년 3월 11일

ⓒ 장담, 2012

값 8,000원

(주)삼양출판사 · 드림북스의 서면 허락 없이는 어떠한
형태나 수단으로도 이 책의 내용을 이용하지 못합니다.

ISBN 978-89-542-4849-5 (04810) / 978-89-542-4845-7 (세트)

* 지은이와 협의하에 인지는 생략합니다.
* 잘못된 책은 구입한 곳에서 바꾸어 드립니다.

마정록

마정록

4

마정유정(魔情有情)

장담 신무협 장편소설

ORIENTAL FANTASY STORY & ADVENTURE

dream
books
드림북스

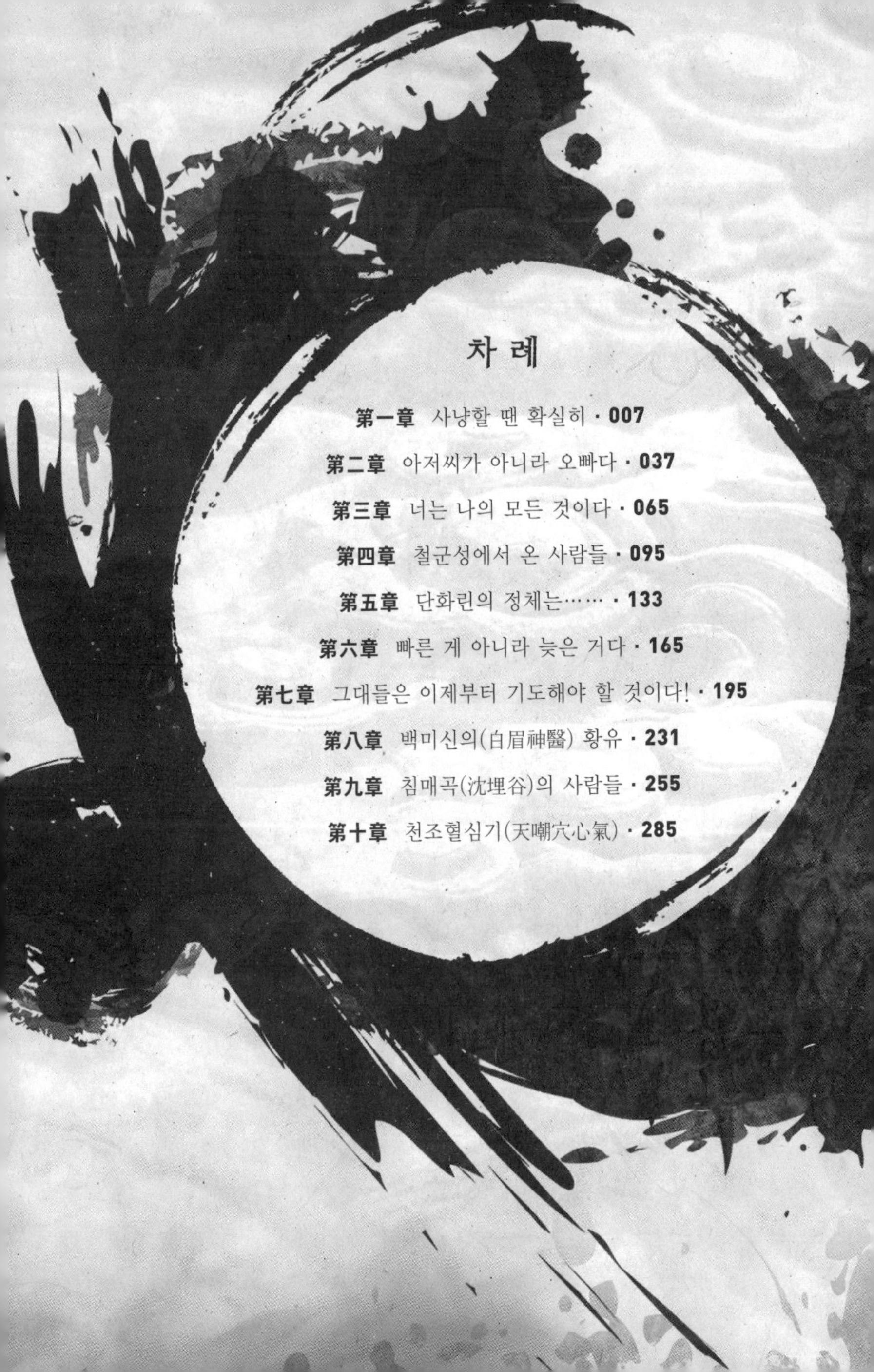

차 례

마
저
록

第一章
사냥할 때 확실히

포대를 어깨에 짊어진 인영 하나가 소리 없이 당화점을 빠져나왔다.

그림자 속에 숨어서 좌우를 둘러본 그는 아무도 없다는 확신이 들자 빠르게 이동했다.

밤이 늦은 시각. 날씨마저 추워서 강아지도 돌아다니지 않았다. 그럼에도 그는 철저히 사람들의 눈을 피해서 상남을 빠져나갔다.

그로부터 이각 후.
운평이 구양우경에게 상황을 보고했다.

“소궁주, 그 계집을 외곽에 있는 관운묘로 옮겨 놓았습니다. 마을과 멀리 떨어져 있고 사람들의 왕래가 없는 곳이어서, 어떤 소리가 나도 사람들의 관심을 끌지 않을 것입니다.”

운평의 보고를 들은 구양우경은 만족한 표정으로 자리에서 일어났다.

가슴에서 시작된 전율이 온몸으로 퍼졌다. 손끝이 저릿하고 혀끝이 바짝 말랐다.

이게 얼마 만에 즐기는 쾌락인가.

더구나 명화회 회원들과 함께 즐기는 것도 아니고 온전히 혼자서 즐길 수 있는 기회였다.

‘후후후후, 그 친구들이 알면 무척 부러워하겠군.’

음악한 웃음을 입가에 매단 그는 장포를 걸쳤다.

그가 자신의 가슴속에 그런 악마적인 마성이 잠들어 있다는 것을 깨달은 건 오 년 전이었다.

오 년 전, 장안에 여행을 갔던 그는 신도가 가주의 둘째 아들인 선우중의 소개로 술자리에서 호유라는 자를 만났다.

그들과 술을 마시며 이야기를 나누던 중 우연히 은밀한 쾌락에 대한 이야기가 슬쩍 튀어나왔다.

그는 정파인이라면 당연히 혐오스럽게 생각해야 할 그 이야기를 듣고 묘한 쾌감을 느꼈다.

그것도 단순히 쾌감만 느낀 것이 아니라 그동안 쉽게 달아오르지 않던 정욕이 끓어올랐다.

자존심 상해서 남들에게 말을 하진 않았지만, 그는 사실 여자의 벗은 몸을 보고도 별반 흥미를 느끼지 못했다. 그가 혼인을 서두르지 않은 것도 사실은 그 때문이었다.

그런데 그날만큼은 여자를 찾지 않고는 견딜 수가 없었다.

결국 그는 그날 밤 그들과 함께 기루로 술자리를 옮겼다. 그리고 난생처음 여자를 안았다. 두 사람에게 들은 이야기를 실행에 옮기겠다는 듯 아주 지독하게 학대하면서.

그는 그날 세상에 그토록 미칠 것 같은 쾌락이 있다는 것을 처음 알았다. 그를 상대했던 기녀는 반쯤 죽은 채 실려 나가야 했지만.

대신 그는 거액을 안겨 주어서 기루의 주인은 물론 기녀조차 입을 닫게 만들었다.

그때부터 그는 가끔 시간을 내서 선우중과 함께 악마적인 쾌락을 즐겼다.

그런데 시간이 가면서 점점 쾌락의 강도가 높아지고 빈도가 잦아졌다.

그러다 결국은 여자들이 견디지 못하고 죽음에 이르자, 책임감을 공유하기 위해서 명화회를 만들기에 이르렀다.

그러던 그에게 변화가 생긴 것은 서문려려를 만난 후였다.

그녀를 만나고 나서야 그는 혼인을 해서 정상적인 생활을 하고 싶다는 마음이 들었다.

그녀는 그가 지금까지 본 그 어떤 여인보다도 아름다웠다.

자신이 탐했던 여인들의 모든 장점을 가지고 있었다.

하지만 악마적인 쾌락의 유혹은 그의 의지로 떨치기에는 너무 강했다.

특히 서문려려와 비슷한 여인이 보이면 참을 수가 없었다.

어쩌면 이번에 출전한 것도 그러한 감정을 참기 위한 목적이 컸다.

그런데 서문려려가 자신을 쉽게 받아들이지 않자 마음이 흔들렸다.

한 번만 더 즐기고 그만해야지!

그렇게 생각한 그는 장호문을 보내 자신의 마음에 드는 여인을 구하려 했다.

장호문은 명화회의 하수인 역할을 하는 다섯 사람 중 하나로 그가 가장 믿는 부하였기에 문제가 생길 거라고는 생각지 않았다.

그런데 멍청한 장호문이 회룡당 대주의 의심을 사면서 일이 엉뚱하게 흐르고 만 것이다.

그는 그 이후 남들의 눈을 의식해서 욕망을 억눌렀다.

그러던 차에 소동동이 나타났다.

그는 쌓이고 쌓였던 욕망이 분출구를 찾아 솟구치자 더 이상은 참을 수가 없었다.

'이번이 정말 마지막이다.'

장포를 걸치고 면사로 얼굴까지 가린 그가 붉어진 눈으로 운평을 보며 물었다.

"누구에게도 들키지 않았겠지?"

운평이 자신만만하게 대답했다.

"걱정 마십시오, 소궁주. 쥐도 새도 모르게 처리했습니다."

"좋아, 가자."

구양우경은 곧 다가올 쾌락에 침을 삼키며 운평과 함께 거처를 나섰다.

잠은각 이조장 모우태는 멀리 떨어진 어둠 속에서 경비를 서는 척하며 구양우경의 거처를 주시했다.

자시가 다 되어 가는 시각. 장포를 걸치고 얼굴까지 가린 자가 수룡위사대 무사와 함께 밖으로 나오고 있었다.

'구양우경이군.'

얼굴은 보이지 않지만 정체를 짐작하는 것은 어렵지 않았다. 이 시각에 수룡위사대원을 거느리고 움직일 사람이 누가 있겠는가.

그는 두 사람이 별원을 나서자 즉시 천종원에게 알렸다.

그리고 잠시 후. 천종원은 자신의 직속 수하 둘만 거느리고 거처를 나섰다.

구양우경의 움직임은 북궁천에게도 보고되었다.

"대형, 그가 나왔습니다."

북궁천은 종리기진의 말에 눈빛이 싸늘하게 가라앉았다.

백검맹으로부터 소동동이 납치되었다는 연락을 받은 지 한 시진. 마침내 구양우경이 거처를 나섰다.

'드디어 시작이군.'

냉소를 지은 그는 종리기진을 바라보았다.

"가서 사공강후에게 알려 주게."

"예, 대형."

*   *   *

호연유는 혈사령이 올린 보고서를 꼼꼼히 훑어보았다.

특별히 눈에 띄는 내용은 없었다.

하지만 그는 단어 하나하나 놓치지 않았다.

그리고 얼마나 지났을까, 그의 두 눈에서 모호한 빛이 떠올랐다.

'산서 북쪽의 사투리를 쓴단 말이지?'

산서 북쪽에서 온 자라면 갑자기 툭 튀어나온 것도 이해가 되었다.

그런데 왜 그런 자가 말단 무사로 삼성궁에 있단 말인가?

서문려려를 구할 때 드러냈다는 극한의 분노도 왠지 이상했다. 수하들의 설명대로라면, 단순히 의협심 때문에 분노했다고 보기에는 지나쳤다.

아름다운 그녀를 보고 반했던 걸까?

하지만 그가 삼성궁에 들어온 것은 얼마 되지 않았다고 했다.

기껏해야 두어 번 얼굴을 봤을 터. 그것도 말은 제대로 붙여 보지도 못했을 것이다. 자신이 아는 구양우경의 성격을 생각하면 그리하도록 놔두지 않았을 테니까.

'구양우경은 자신의 소유물에 남이 손대는 것을 극히 싫어하는 놈이야. 다른 사람과 눈만 마주쳐도 서문려려를 방에 처박아 둘 놈이지. 더구나 그토록 뛰어난 놈이라면 더 말할 것도 없어.'

그 때, 문득 서문려려가 본래 서문각의 딸이 아니었다는 사실이 떠올랐다.

그녀의 본명은 헌원려려. 고향이 장성 근처라 했었다.

그렇다면 대충 감이 잡힌다.

'놈은 서문려려를 전부터 알고 있던 놈이야. 아마 삼성궁에 들어간 이유가 그 계집 때문일지도……'

새파랗게 눈빛을 빛낸 그는 고개를 들었다.

그의 앞에는 혈사령이 초조한 표정으로 서 있었다.

"교도 중 산서 북쪽의 무사들에 대해서 잘 아는 사람이 있소?"

혈사령이 재빨리 머리를 굴리더니 밝은 표정으로 대답했다.

"있습니다, 소존. 도귀가 본 교에 들어오기 전 대동과 오대

산 근처에서 활동했다 들었습니다.”

“그래? 그럼 그를 데려오시오.”

잠시 후. 혈사령이 삼십 대 후반의 중년인을 데리고 들어왔
다.

그가 바로 한때 대동사마(大同四魔) 중 하나였던 음사도
귀(陰邪刀鬼) 마태였다.

호연유가 그에게 단도직입적으로 물었다.

“산서 이북에서 나와 대등한 실력을 지닌 청년 고수에 대해
아는 대로 말해 봐라.”

“젊은 나이에 소존과 비슷한 실력을 지닌 자가 천하에 몇
이나 되겠습니까? 제가 아는 한, 산서 북쪽에는 소존의 손가
락 하나도 감당할 수 있는 자가 거의 없습니다.”

“없다고? 정말이냐?”

마태는 잔뜩 긴장한 표정으로 고개를 끄덕였다.

“그렇습니다, 소존. 산서 중부나 남부 쪽이라면 두어 명 있
긴 합니다만……..”

호연유는 미간을 찌푸렸다.

그도 마태가 누굴 말하는지 알고 있었다. 하지만 단화린
은 그들이 아니었다.

“정말 단 한 사람도 없단 말이지? 이상하군. 그가 산서 북
쪽의 사투리를 심하게 쓸 정도면 그곳에 오래 살았다는 소린

데 말이야.”

그 때 마태가 멈칫하는 표정으로 조심스럽게 입을 열었다.

“산서를 벗어나 장성 이북까지 따지면 몇 사람 더 있습니다만……”

“그래? 그런데 왜 없다고 한 것이냐?”

“모두 다섯 사람이 있는데, 그들은 중원에 나타날 가능성이 전혀 없어서……”

“가능성이 있든 없든 말해 봐라. 그게 누구냐?”

마태가 머뭇거리며 이름을 나열했다.

“첫 번째는 대막의 떠오르는 별, 대막일성(大漠一星) 금완각입니다. 두 번째는 북천마궁 최강의 무력단체인 흑룡대 대주 흑룡일기(黑龍一騎) 장추람이고, 세 번째는 한룡대주 냉호, 네 번째는 비룡대주 철교신, 그리고 마지막 다섯 번째는……”

그가 머뭇거리자 호연유가 눈을 치켜뜨고 재촉했다.

“다섯 번째는?”

마태는 이름을 말하는 것만으로도 질리는지 딱딱하게 굳은 표정으로 답했다.

“나이 스물다섯에 북천을 평정한 패왕, 북천마제 북궁천입니다.”

                    *   *   *

철은보를 빠져나온 북궁천은 상남으로 달려가서 조관수
와 유원당을 만났다.

그가 방으로 들어가자 유원당이 말했다.

"그 아이를 납치한 놈들이 서북쪽에 있는 관운묘로 들어
갔네. 그 이후로 그 아이가 나오지 않았으니 아직도 관운묘
안에 있을 거네."

"아직 감시하고 있습니까?"

"감시조를 이끌던 추혼검단(追魂劍團) 단주 예극생만 남기
고 나머지는 모두 철수하라고 했네."

"좋습니다. 그럼 이제 음마(淫魔)를 사냥하러 가지요."

상남을 관통한 동서 대로의 서쪽 끝을 벗어나 서북쪽으로
오 리 정도 가면, 아름드리 향나무와 느티나무로 둘러싸인
관운묘가 나왔다.

자정이 다 된 시각. 두 채의 사당이 담장으로 둘러진 관운
묘는 인기척 하나 없이 을씨년스럽기만 했다.

바짝 말라 금방 부서질 것 같은 낙엽들이 뒹구는 그곳은
밤에 사람들이 돌아다닐 만한 곳이 아니었다.

그러한데도 구양우경은 그곳까지 가는 동안 신경을 곤두
세우고 사위를 경계했다.

　다행히 관운묘에 도착할 때까지 수상한 움직임은 어디에서도 느껴지지 않았다.

　안도한 그는 월동문을 지나서 관운묘 안으로 들어갔다.

　안으로 들어간 그가 사당으로 접근하자 사당의 문이 열리고, 안에서 수룡위사대원 하나가 나오더니 말없이 고개를 숙였다.

　살짝 고개를 끄덕여 준 구양우경은 사당 안으로 들어가기 전, 운평과 안에서 나온 수룡위사대원에게 단단히 일러두었다.

　"너희들은 밖을 철저히 지켜라. 아무도 접근하지 못하게 해야 한다."

　"예, 소궁주. 안으로 들어가시면 우측에 밑으로 내려가는 계단이 보이실 겁니다."

　운평이 내부를 설명하고 돌아섰다. 구양우경과 관련된 일은 많이 알수록 좋을 게 없었다.

　구양우경은 눈치 빠른 운평이 마음에 들었는지, 아니면 앞으로 벌어질 일에 대한 기대감 때문인지 입술을 비틀며 사당 안으로 들어갔다.

　그가 안으로 들어감과 동시, 사당 안을 희미하게 밝히고 있던 등잔불이 바람에 출렁거리며 음산한 그림자를 만들었다.

　안으로 들어간 그는 고개를 돌려 우측을 바라보았다.

운평의 말대로 시커먼 구멍이 아가리를 벌린 채 그를 기다리고 있었다.

'정말 좋은 장소를 찾았군. 지하라면 소리도 거의 새어 나오지 않겠는걸?'

만족한 그는 기둥에 매달린 등잔을 들고 지하로 통하는 문을 닫고는 계단을 내려갔다.

계단은 정확히 열세 개로 끝이 났다.

그리고 이십 평가량 되는 지하 석실 중앙에 그녀가 쓰러져 있었다.

손이 뒤로 묶이고 입에는 재갈이 물린 채, 두려움에 가득 찬 눈을 말똥말똥 뜨고서.

구양우경은 등잔불을 벽에서 툭 튀어나와 있는 선반에 올려놓았다.

그리고 천천히 몸을 돌려 그녀를 내려다보았다.

잘게 떨리는 목의 하얀 살결이 등잔불빛 때문인지 붉게 물들어 있었다.

그는 가슴이 뜨겁게 달아올랐다. 하초에 힘이 들어가고 숨이 거칠어졌다.

그래, 바로 이거야! 여자란 곱게 다룰 존재가 아니라 고통을 줘야 하는 존재야!

하얀 살결이 파르르 떨리는 저 모습을 봐라!

저 하얀 살결이 그물처럼 갈라지며 붉은 선혈이 배어 나오면 얼마나 아름다울 건가?

구양우경은 숨을 몰아쉬며 붉어진 입술을 핥았다. 면사 위로 드러난 눈 가장자리에 주름이 지며 음악한 웃음이 떠올랐다.

"좋군, 아주 좋아. 오랜만에 제대로 된 물건을 구했어."

소동동은 그의 모습을 보고 공포에 질려서 부들부들 떨었다.

단순히 자신을 겁탈하려고 납치해 온 것이 아닌 듯했다.

정확히 알진 못해도 그 이상의 사악한 뭔가를 하기 위해서 자신을 납치한 듯했다.

"으으으으으."

재갈이 물린 그녀의 입에서 애걸하는 신음이 흘러나왔다.

구양우경은 그녀의 그러한 신음이 너무나 듣기 좋았다. 세상의 그 어떤 음악보다도 아름답고 황홀했다.

"후후후, 목소리도 마음에 드는군. 살고 싶으면 더 애걸해 봐라. 아주 처절하게. 그러면 목숨은 부지할 수 있을지 모르니까."

그는 나직한 웃음을 흘리며 그녀의 가슴 위를 손으로 쓸어내렸다.

그의 손짓을 따라서 소동동의 옷자락이 칼날에 스친 것처럼 갈라졌다.

그리고 눈처럼 하얀 살결이 고스란히 드러났다.

한 올 한 올, 솜털도 놓치지 않고 그녀의 살결을 훑어보는 구양우경의 검은 눈동자가 점점 작아지고 눈빛이 붉게 물들었다.

그는 도저히 더 참지 못하겠는지 몸에 걸치고 있는 옷을 거칠게 벗었다.

*　　*　　*

바싹 마른 낙엽이 거친 바람에 뒹굴며 비명을 지른다. 달빛 아래 비친 풍경은 오싹할 정도로 스산하기만 하다.

이십여 장 떨어진 곳에서 관운묘를 응시하던 북궁천은 눈을 가늘게 좁혔다.

너무 늦어도 안 되고, 빨라도 안 된다. 변명할 여지도 없이 확실한 현장을 잡아야 한다.

그래서 기다렸는데 뭔가 이상하다.

구양우경이 안으로 들어간 지 일각. 수룡위사대원들이 밖을 지키는 걸 보면 장소를 잘못 안 것은 아니다.

그런데 지금쯤이면 그가 슬슬 본성을 드러내야 하거늘, 별다른 기척이 들리지 않는다.

마냥 기다릴 수도 없는 일. 자칫하면 소동동이 다칠지 모른다.

그 순진한 아이에게는 큰 피해를 끼치지 않겠다고 스스로에게 약속했거늘.

　‘일단 안으로 들어가 보자.’

　먼저 그는 좌측에 있는 조관수에게 전음을 보냈다.

　―제가 먼저 들어가 보겠습니다. 뒤따라오시면서 놈들을
정리하십시오.

　―알겠네.

　그는 조관수의 대답이 떨어지자마자 관운묘를 향해 빠르
게 접근한 후 허공으로 솟구쳤다.

　십여 장 솟구쳐서 밤하늘을 가로지른 그는 수룡위사대원
의 머리 위로 떨어져 내렸다.

　그때까지도 운평은 나름대로 꿈에 부풀어 있었다.

　오늘만 지나면 자신은 삼성궁 소궁주의 확실한 심복으로
자리매김할 수 있으리라.

　그 말인즉, 소궁주가 궁주가 되면 궁주의 심복이 된다는
뜻이었다. 단숨에 삼성궁의 고위 간부가 되는 것이다.

　‘사람은 기회를 잘 이용해야 해. 내 손에 피만 안 묻히면
되는 것 아니겠어?’

　그 때 머리 위가 묵직해졌다.

　이상한 느낌이 든 그는 고개를 들어 하늘을 바라보았다.

　순간, 시커먼 뭔가가 머리 위로 떨어졌다.

　퍽!

　‘끄억!’

비명조차 밖으로 내뱉지 못한 그는 얼어붙은 땅에 얼굴을 처박았다.

운평을 일수에 꼬꾸라뜨린 북궁천은 또 다른 수룡위사대원을 향해 날아가며 손을 뻗었다.

운평이 쓰러지는 소리에 고개를 돌리던 수룡위사대원은 망치로 얼굴을 얻어맞는 느낌과 함께 눈앞이 캄캄해졌다.

단숨에 운평과 수룡위사대원을 쓰러뜨린 북궁천은 관운묘 안으로 몸을 날렸다.

그리고 사당에 바짝 붙어서 귀를 기울인 순간!

"으으으으……."

안에서 억눌린 신음이 흘러나왔다.

귀를 기울여야만 들릴 만큼 가늘고 미약한 소리. 그러나 그 신음에는 공포에 젖은 두려움이 담겨 있었다.

북궁천은 급히 문을 열고 안으로 들어갔다.

하지만 안에는 아무도 없었다.

그 때 또다시 신음이 들렸다.

고개를 돌려 소리가 들리는 곳을 바라보았다.

순간, 우측 구석에서 새어 나오는 가느다란 빛이 보였다. 그리고 그곳에서 공포에 질린 목소리가 흘러나왔다.

"사, 살려 줘요. 아악!"

북궁천은 빛이 새어 나오는 곳을 향해 몸을 날리며 손을 뻗었다.

벌거벗은 구양우경은 살아 있는 뱀처럼 비늘이 달린 채찍을 소동동의 목에 감고 기괴한 웃음을 지었다.

"흐흐흐흐, 고통은 잠깐이다. 흔적이야 남겠지만 그 또한 영광으로 여겨라. 내가 사랑해 줬다는 것만으로도 너는 행복한 계집이니라."

그는 그녀의 목을 감은 채찍을 풀어 머리 높이 들어 올렸다.

소동동은 공포에 질린 표정으로 부들부들 떨며 울었다.

"사, 살려 주세요."

구양우경은 그녀의 그런 모습이 너무나 사랑스러웠다. 그래서 조금 더 세차게 때려 깊은 흔적을 남길 작정이었다.

기왕이면 오래 버텨 주길 바라면서.

"너도 곧 즐거워질 거다."

그는 하얗게 웃으며 채찍을 내려쳤다.

그 때였다.

쾅!

굉음과 함께 지하로 내려오는 문이 터져 나갔다.

움찔한 구양우경은 내려치던 채찍에서 힘을 빼고 입구를 바라보았다.

희미한 등잔불빛에 한 사람이 보였다.

자신이 지독히도 싫어하는 놈과 똑같은 얼굴이었다.

“네놈이 감히!”

일갈을 내지른 그는 채찍을 틀어서 다가오는 북궁천을 후려쳤다.

계단을 내려온 북궁천은 불길이 이는 눈으로 구양우경을 바라보며 성큼성큼 걸음을 옮겼다.

“네놈을 곱게 죽이면 하늘이 나를 욕할 것이다!”

날아들던 채찍이 그의 몸 한 자 떨어진 곳에서 튕겨 나갔다.

구양우경이 멈칫한 순간, 북궁천의 주먹이 그를 향해 날아갔다.

구양우경은 황급히 손을 저어서 그의 주먹을 막으려 했다.

그러나 겉보기에 단순한 북두패왕권은 대충 손을 저어서 막을 수 있는 게 아니었다.

더구나 극한의 분노마저 섞인 권세였다.

쾅!

“크억!”

벌거벗은 구양우경의 몸이 벽까지 밀려나더니 텅 소리를 내며 부딪쳤다.

북궁천은 그에게서 한시도 눈을 떼지 않고 다시 주먹을 날렸다.

구양우경은 안간힘을 다해서 그의 공격을 막았다.

그래도 명색이 사공강후와 함께 하남 최고의 젊은 고수라 불리는 그가 아닌가.

전 공력을 끌어 올린 그는 삼초의 북두패왕권을 가까스로 막아 냈다.

해쓱하니 질린 얼굴. 파르르 떨리는 눈빛.

북궁천의 강함을 직접 몸으로 느낀 구양우경은 다급히 입을 열었다.

"단화린! 오늘 일을 못 본 척하면 네가 원하는 것은 뭐든 해 주마."

하지만 북궁천은 들은 척도 하지 않고 그를 향해 한 걸음 내디뎠다.

혹시 려려도 저런 꼴을 당하지는 않았을까?

문득 그런 생각이 들었다.

얼마 전에 본 그녀의 처연한 눈빛이 아무래도 구양우경의 가학적인 행동과 무관하지 않은 듯 느껴졌다.

만약 그게 사실이라면, 세상에서 가장 처참한 죽음을 내리리라!

구양우경은 북궁천의 눈빛에서 서릿발 같은 살기가 느껴지자 악을 쓰며 채찍을 휘둘렀다.

"오지 마!"

북궁천은 날아드는 채찍을 보지도 않고 두 손을 쫙 펼쳤다.

그를 향해 날아들던 채찍이 허공으로 튕기고, 거대한 수영이 구양우경을 덮쳤다.

북천의 주인 중 완성한 자가 없고, 북궁천조차 팔성밖에 이루지 못한 건곤패력장(乾坤覇力掌)이 펼쳐진 것이다.

숨조차 쉴 수 없을 만큼 가공할 압력!

온몸이 쥐어짜지는 듯했다.

구양우경의 공포로 물든 눈이 거세게 떨렸다.

이러다 몸이 터지는 것 아닐까?

난생처음 느껴 보는 공포. 머릿속이 하얗게 비며 아무런 생각도 나지 않는다.

구양우경은 손가락 하나 까딱할 수 없게 되자 더듬거리며 삶을 구걸했다.

"사, 살려 줘!"

그 직후!

쾅! 콰광!

석실을 무너뜨릴 것 같은 굉음이 연속적으로 울렸다.

"끄아악!"

구양우경이 처절한 비명을 내지르며 석벽에 반쯤 박혔다.

북궁천은 싸늘한 눈으로 그를 바라본 후 몸을 돌렸다.

벌거벗은 소동동이 온몸을 덜덜 떨고 있었다.

등과 가슴에 보이는 선명한 비늘무늬 혈선(血線).

구양우경이 휘두른 채찍에 두어 대 맞은 듯했다.

북궁천은 입을 꾹 닫은 채, 그녀의 손을 묶고 있는 가죽끈을 풀어 주었다.

그리고 한쪽에 아무렇게나 버려져 있는 그녀의 옷을 들어서 몸을 가려 주고는, 구양우경이 벗어 놓은 장포로 그녀의 몸을 감쌌다.

"이제 괜찮다. 걱정 마라."

소동동은 느닷없이 나타나서 자신을 구해 준 사람이, 요 며칠 사이 자신의 잃어버린 꿈을 되찾아 준 사람인 것을 알고 울음을 터트렸다.

북궁천은 사시나무처럼 떨며 우는 그녀를 바라보고 마음이 착잡해졌다.

지하에 있는 걸 몰라서 조금 늦었다. 적시에 왔다면 몸에 상처도 남지 않았을 것이거늘.

'너에게는 정말 미안하구나.'

자신의 목적을 달성하긴 했지만, 그녀가 받았을 충격을 생각하니 가슴이 저릿했다.

그 때 벽에 박힌 구양우경이 앞으로 꼬꾸라졌다.

털썩.

"끄어어어어."

고개를 돌린 북궁천은 냉막한 눈길로 구양우경을 응시했다.

구양우경의 두 다리는 무릎이 완전히 으깨진 채 괴이한 형태로 꺾어져 있었다.

두 팔은 큰 이상이 없어 보였지만, 어깨 부위의 힘줄이 갈기갈기 찢어져서 실질적으로는 젓가락 들 힘도 쓸 수 없었다.

더구나 가공할 충격을 받은 기해혈은 두 번 다시 공력을 담을 수 없게 된 상태였다.

무공을 쓸 수 없는 앉은뱅이.

그게 현재의 구양우경인 것이다.

그나마도 죽이지 않은 것은, 아직 해결해야 할 일이 있기 때문이었다.

그 때 조관수가 유원당, 예극생과 함께 지하로 내려왔다.

"어떻게 되었……."

조관수가 입을 열다 말고 말끝을 흐렸다.

물어볼 것도 없었다. 벌거벗은 몸통으로 벌레처럼 바닥을 기는 구양우경이 보였다.

공포에 질린 표정. 눈동자는 초점이 없고, 신음을 흘릴 때마다 걸쭉한 침이 피와 섞여서 질질 흘러나오고 있었다.

"으으으으, 으어어어……."

그 모습을 본 조관수는 얼이 반쯤 빠졌다.

"맙소사."

구양우경이 죽을죄를 진 것은 분명한데, 문제는 그가 삼성궁의 후계자인 소궁주라는 점이었다.

'구양 궁주가 저 모습을 보면 난리 나겠군.'

그 때 유원당이 한쪽에서 두어 가지 물건을 집어 들었다.

날카로운 돌기가 수십 개나 튀어나와 있는 한 자 길이의 막대와 날카롭게 벼려진 날이 톱니처럼 삐죽삐죽한 작은 비수, 그리고 녹색의 작은 옥병이었다.

유원당은 그 물건의 용도를 짐작하고 눈빛이 얼음장처럼 차가워졌다.

그는 딸을 가진 사람이었기에 분노가 더욱더 컸다.

하지만 최대한 냉정을 유지하고 북궁천에게 물었다.

"강한 반발이 있을 것이네. 그에 대해선 준비해 두었나?"

"밖에 있는 자들은 생포해 두었습니까?"

"물론이네. 철은보에서 사람들이 오기 전에 한쪽으로 치워 두었지."

"그럼 됐습니다. 세 분께서는 구양우경이 저 여인을 이곳으로 납치한 것에 대해서만 증언을 해 주시면 됩니다. 나머지는 제가 알아서 하지요."

밖에서 거칠게 문을 여는 소리가 들렸다.

다급한 발걸음 소리가 계단을 울리는가 싶더니 사람들이 하나둘 모습을 보였다.

선두는 사공강후와 관호명. 그들의 뒤로 위효릉과 천종원, 백리진, 임강령, 등조립, 선우신, 남궁원, 공한 대사가 내려왔다. 그야말로 각 세력을 대표할 수 있는 사람들이 총망라되었다고 봐도 되었다.

사공강후와 관호명을 제외한 사람들은 눈앞의 광경을 보

고 아연실색했다.

특히 위효릉과 등조립, 신도가의 장로 선우신은 눈이 튀어나올 것처럼 커졌다.

"소궁주!"

위효릉이 먼저 구양우경에게 달려가고, 등조립은 말을 더듬으며 물었다.

"이, 이게 어찌된 일인가?"

북궁천이 차가운 어조로 입을 열었다.

"자세한 설명은 나가서 하는 게 좋겠습니다. 처음부터 끝까지 모두 말씀드리지요."

지하 석실을 나온 북궁천은 소동동을 유원당에게 맡겼다.

유원당은 그때까지도 몸을 떨고 있는 소동동을 안쓰러운 눈으로 바라보며 조심스럽게 다루었다.

"누구도 너에게 해를 끼치지 않을 것이니 안심해라, 쯔쯔쯔쯔……."

구양우경은 위효릉이 맡았는데, 팔다리가 움직일 때마다 구양우경의 입에서 비명이 터져 나왔다.

결국 위효릉은 구양우경의 수혈을 강하게 눌러 기절시킨 후에야 그를 안고 밖으로 나올 수 있었다.

조관수가 지하에 있던 등잔불을 가지고 올라오자 컴컴하던 관운묘 내부가 밝아졌다.

"이제 말해 보게."

등조립이 각질처럼 굳은 표정으로 북궁천을 보며 말했다.

북궁천은 조관의 일부터 설명했다.

"얼마 전, 회룡당의 조 대주가 살해당했습니다. 봐선 안 될 것을 봤기 때문이지요. 그를 죽인 자는 수룡위사대원인…… 저는 죽기 직전인 그를 상남에서 만났습니다. 그리고 그에게 충격적인 이야기를 들었습니다. 구양우경이 여인을 처참하게 간살한다는 믿지 못할 이야기였지요. 그래서 나름대로 조사를 했는데……."

그의 말이 이어질수록 사람들의 표정에 경악이 물결쳤다.

도저히 믿을 수 없는 이야기였다.

그러나 눈앞에 실체가 있으니 믿지 않을 수도 없었다.

북궁천은 차가운 눈빛으로 사람들을 바라보며 냉정하게 말을 이어 나갔다.

"이삼 일 전, 아우들에게서 구양우경이 저 여인을 눈여겨보고 있다는 말을 들었습니다. 해서 조 장로님과 유 원주님께 그녀를 지켜봐 달라고 부탁했지요. 그런데 오늘, 구양우경 밑에 있는 수룡위사대원이 저 여인을 납치했습니다. 그리고 안에서 본 광경이 벌어진 겁니다."

북궁천은 자신이 구양우경을 회복 불능의 상태로 만든 것에 대해서는 간단히 설명했다.

"구양우경이 약한 자였다면 혈도를 제압하는 것으로 끝났

을 것입니다. 하지만 여러분도 아시다시피 구양우경은 하남에
서 사공 형과 쌍벽을 이루는 강자입니다. 해서 어쩔 수 없이
손을 독하게 쓸 수밖에 없었지요."

결국 자신을 탓하지 말라는 뜻.

위효릉은 눈을 치켜뜨고 북궁천을 노려보았지만 마땅히
반박할 말이 없어서 이만 악물었다.

그 때 등조립이 의문을 제기했다.

"자네 말이 사실이라는 증거가 있나? 구양 공자가 이전에
그런 죄를 저질렀다는 것도 장호문의 말을 들었을 뿐이지 않
은가?"

"삼성궁의 시비들 사이에서 파다하게 도는 소문을 봉공은
모르시나 보군요. 오래전부터 아름다운 시비들이 행방불명이
되었습니다. 그리고 나중에는 처참한 시신으로 발견되었지요.
그 일에 대해선 저보다 잠은각의 좌령주께서 더 잘 아실 거라
봅니다만."

사람들의 눈이 천종원을 향했다.

천종원은 굳은 표정으로 천천히 고개를 끄덕였다.

"저희는 그 일을 이상하게 여기고 은밀하게 조사를 벌였습
니다. 그리고 얼마 전, 그 일에 몇 사람이 연루되었다는 것을
알게 되었지요. 그중 하나가 바로 구양 공자의 측근이었던
장호문입니다."

천종원의 말은 북궁천의 말과 의미가 달랐다. 잠은각은

삼성궁의 정보를 총괄하는 곳이 아닌가 말이다.

그럼에도 위효릉은 순순히 수긍하지 않았다.

"장호문이 연루되었다고 해서 구양 공자가 반드시 연루되었다고는 볼 수 없지 않은가?"

북궁천이 입술을 비틀며 말했다.

"생각이 조금만 있는 사람이라면, 오늘 일만으로도 구양 공자가 연루되었다는 것을 바로 알 수 있을 거라 봅니다만."

은근히 위효릉을 비꼬는 말투.

위효릉의 눈썹이 송충이처럼 꿈틀거렸다. 하지만 그는 최대한 감정을 억누르고 자신의 생각을 말했다.

"좌우간 보다 확실한 증거가 있다면 모를까, 오늘 일 이외에는 구양 공자의 죄를 물을 수 없네."

사공강후가 입을 연 것은 그때였다.

"우리도 구양 공자에게 죄를 물을 사안이 하나 있습니다."

뜻밖의 말에 사람들의 시선이 그를 향했다.

위효릉도 어리둥절한 표정으로 되물었다.

"무슨 말이오, 소회주?"

사공강후가 냉랭히 말했다.

"그는 우리 천무회 영호단의 상은호 부단주를 고의적으로 살해했습니다. 그에 대한 증거와 증인을 모두 확보해 두었으니, 그를 위해서 변명하실 생각이라면 거두어 주시기 바랍니다."

사공강후가 변명할 기회조차 주지 않자 위효릉의 표정이 하얗게 탈색되었다.

여인의 납치와 간살. 천무회 간부 살해.

어느 것 하나 단순하게 넘어갈 수 있는 일이 아니었다.

더구나 관운묘의 일은 많은 사람이 현장을 직접 목도했으니 억지를 부리는 것도 한계가 있을 수밖에 없었다.

"군사, 궁주께 급전을 띄워서 모두 말씀드리도록 하시게."

조용히 듣고만 있던 백리진이 무거운 표정으로 입을 열었다.

위효릉도 자신 선에서 처리할 수 있는 일이 아님을 절감하고 해쓱해진 얼굴로 대답했다.

"알겠습니다. 궁주님의 말씀이 있기 전까지는 어떤 것도 확정적으로 답할 수 없으니, 모두들 조금만 기다려 주십시오."

第二章
아저씨가 아니라 오빠다

천사교와의 싸움이 교착상태에 빠진 상황에서 구양우경의 일이 알려지자, 철은보가 벌집을 쑤셔 놓은 것처럼 들썩거렸다.

위효릉과 검신가의 간부들은 안간힘을 다해 사건을 축소시키려 했다.

하지만 그럴수록 소문은 확대되고, 정파 인사들의 시선은 점점 더 차가워졌다.

그들이 천사교와 싸우는 이유가 무엇이던가. 천사교의 사악한 행동을 막겠다는 것이 아니던가 말이다.

그런데 구양우경의 행위는 그들과 다를 바가 없었다.

아니, 어쩌면 더 사악했다.

선으로 위장한 악, 더러운 위선인 것이다.

구양우경의 일이 벌어진 지 이틀째 되던 날.

사공강후와 관호명은 구양우경의 여죄를 파악할 필요성이
있다며 조사대를 만들자고 강력히 주장했다.

당연하게도 북궁천의 입김이 들어간 주장이었다.

장호문은 구양우경이 '명화회'에 속했다고 했다. 인원이 다
수라는 말.

게다가 선우라는 성도 말했었다. 아직 누군지는 모르지만,
신도가에도 명화회 회원이 있다는 뜻이 아니겠는가.

그리고 무엇보다, 조사대가 구성되면 남의 눈치를 보지 않
고 헌원려려를 만날 수 있을 것이었다.

천종원도 북궁천의 말을 듣고 은근슬쩍 조사대 구성을 찬
성했다.

어차피 벌어진 일. 깨끗하게 마무리를 지어야만 강호동도
들에게 욕먹지 않는다면서.

위효릉과 검신가의 장로들은 울며 겨자 먹기로 그들의 제
안을 수락했다.

조사대는 각 세력에서 두 명씩 뽑았다.

천무회에서 사공강후와 관호명, 삼성궁에서 임강령과 천종

원, 백검맹에서 유원당과 조관수, 무림맹에서 남궁원과 공한 대사. 그리고 구양우경의 일을 가장 잘 아는 북궁천이 포함되었다.

그들은 구양우경의 방을 샅샅이 뒤지고, 그와 사이가 가까운 사람들을 조사했다.

그 와중에 북궁천은 헌원려려를 조사하는 일은 자신이 직접 맡겠다고 나섰다. 그래도 혼자서 하면 남들이 이상하게 생각할까 봐 임강령과 유원당을 대동하기로 했다.

사정을 알든 모르든 특별히 반대하는 사람은 없었다.

그날 오후.

북궁천은 임강령과 유원당을 대동하고 헌원려려를 찾아갔다.

감회가 새로웠다.

다행히 모든 일이 잘 풀려서 이제 떠날 일만 남았다. 그래서 그런지 말하는 중에도 가벼운 웃음이 입가에 걸렸다.

"곧 삼성궁주가 올 것이다. 구양우경이 그리되었으니 그도 너를 더 이상 붙잡아 두지 못하겠지."

헌원려려는 눈물이 나오려는 것을 가까스로 참았다.

이야기를 다 들었다.

오한이 들 정도로 오싹하고 소름이 돋았다.

만약 북궁천이 그의 죄악을 밝혀내지 않았다면 자신 역시 소동동이라는 소녀처럼 되었을지 모르는 일 아닌가 말이다.

'맙소사. 그의 행동이 이상하다는 생각은 했지만 설마 그런 짓까지 저질렀다니.'

한참이 지나서야 겨우 마음을 진정시킨 그녀는 북궁천의 말에 고개를 저었다.

"아마 바로 보내 주진 않을 거예요."

"붙잡아 둘 이유가 없는데, 왜?"

"명분 때문이죠. 바로 혼약을 파기시키고 저를 내보내면 스스로 모든 죄를 인정하는 셈이 되니까요."

"그럼 구양환이 구양우경의 죄를 인정하지 않을 거라는 말이냐?"

잠시 생각하던 현원려려가 보다 냉정하게 상황을 판단했다.

"소동동이라는 여자를 납치한 것은 인정하겠죠. 많은 사람들이 봤으니까요. 하지만 그 외에는 아무런 증거가 없어요. 더구나 저들이 생각할 때는, 소동동이라는 여자가 엄청난 충격을 받긴 했어도 많이 다치지 않았으니 적당한 보상을 하면 된다고 생각할 거예요."

"천무회의 사람을 죽인 것은?"

"그 일은 천무회와의 일이잖아요."

"흥, 결국 자신들의 자존심을 위해서 너를 붙잡아 두겠다는 심보란 말이군."

"이곳 사람들은 남들의 이목을 무척이나 신경 써요. 보내는 것보다 보내지 않는 것이 조금이라도 이익이 된다면 저를 붙잡아 두려 할 거예요. 최소한 조용해질 때까지 만이라도 말이죠."

"나는 그때까지 너를 이곳에 둘 수 없다. 저들의 마음이 언제 변할지 모르는데 어찌 믿고 기다린단 말이냐?"

이곳에 있고 싶지 않은 마음은 헌원려려가 더했다.

그런데 그러한 마음이 마치 자신의 이중성처럼 느껴졌다.

북궁천이 남아 있으면 천사교에 큰 피해를 줄 수 있는데도, 자신은 자신만의 행복을 위해서 북궁천과 함께 떠나고 싶어 한다. 남은 사람들이야 어떻게 되든 말든.

북궁천에게 대협이 되라고 한 소리는 빈말이었단 말인가?

하지만 그동안의 극심한 마음고생은 그녀에게 선택의 여지를 주지 않았다.

세상이 그녀를 향해 손가락질해도 고향으로 돌아가고 싶었다.

다만 고향으로 돌아가려면 그 전에 선결되어야 할 문제가 하나 있었다.

진아에 대한 것.

그녀는 그 말을 북궁천에게 할 것인지 몇 번이나 망설였지만 결국은 하지 않기로 했다.

아직은 아니었다. 곧 해야겠지만.

만약 자신에게 아기가 있고, 그 아기가 북궁천의 아기라는
걸 알게 되면 당장 자신을 데리고 떠나려 할 것이다.

떠나는 거야 두렵지 않았다. 문제는 삼성궁에서 아기를 내
주지 않을 때였다.

그때는 정말 일이 터진다.

북궁천이 마제의 본성을 드러낼 테니까.

어차피 구양우경이 저렇게 되었으니 순리대로 풀어 나가는
게 나았다.

"구양 궁주께서 오시면 집으로 돌아가는 것에 대해서 말해
보겠어요. 전쟁터에 있는 것이 너무 힘들다고 하면 무작정 붙
잡아 둘 수도 없을 거예요."

북궁천은 그 방법도 괜찮게 느껴졌다.

그녀가 이곳까지 온 것은 구양우경 때문이 아닌가. 그런데
구양우경이 사악한 음마로 밝혀진 데다 불구가 되었으니, 그
녀로선 이곳에 머물 이유가 없었다.

"좋다. 그럼 구양환의 반응을 봐서 결정하도록 하자."

북궁천은 일단 헌원려려의 의견을 받아들였다. 어차피 그
녀를 이길 수도 없지만.

그리고 그쯤에서 구양우경에 대해 물어보았다.

"혹시라도 구양우경이 수상한 행동을 한 적이 있으면 말
해 봐라."

직접적으로는 물을 수가 없었다. 만에 하나 그런 일이 있었

다고 하면 분노가 폭발해 버릴지 몰랐다.

헌원려도 자신이 겪은 일을 말하지 않았다.

구양우경의 다리를 부수고 팔의 근맥을 찢어 버린 것이 남들 눈에는 과한 것처럼 보일지 모르지만, 그녀가 보기에는 북궁천이 많이 참은 것이었다.

그런데 자신이 겪은 일을 알게 되면 무슨 일을 저지를지 몰랐다.

대신 그녀는 조용히 일어나 구석진 곳으로 가더니 옷 보따리 속에서 작게 접힌 종이를 들고 왔다.

한쪽에 임강령과 유원당이 앉아 있었지만 크게 신경 쓰지 않았다.

북궁천이 그들 앞에서 비밀이나 다름없는 말을 한다는 것은 그들이 모든 사실을 알고 있다는 뜻이었다. 그 말인즉 믿을 수 있는 사람들이라는 뜻이기도 했다.

북궁천은 그녀가 내민 종이를 받아 들고 의아한 표정을 지었다.

종이는 불에 타다 만 서신이었다. 크기로 봐선 본래의 서신 중 절반쯤 남은 듯했다.

"한 달 보름 전에 몰래 빼돌려 놓은 거예요. 아마 그 사람은 모두 타서 재가 된 줄 알고 있을 거예요."

북궁천은 금방이라도 부서질 것 같은 종이를 조심스럽게 펴 보았다.

비록 반밖에 남지 않았지만 그곳에 적힌 내용을 이해하는 것은 조금도 어렵지 않았다.

　　……그곳으로 오십시오. 제대로 된 계집을 골라 놓았습니다. 지난번에는 너무 일찍 끝나서 싱거웠는데, 이번에는 좀 오래갈 겁니다. 무공을 익힌 계집이니까. 호 형도 온다고 했으니 꼭 참석해서 마음껏 즐겨 봅시다. 형님이 이번에도 빠지면 회원들이 이상하게 생각할지 모릅니다.

북궁천은 싸늘하게 가라앉은 눈빛으로 서신을 읽고 고개를 들었다.

"서신을 보낸 자가 누군지 알아?"

"그건 모르겠어요. 다만 확실한 것은 삼성궁 내부에서 전해진 것 같다는 거예요. 장호문이 그 서신을 가져왔는데, 그는 그날 삼성궁을 나서지 않았거든요."

북궁천은 서신을 임강령에게 건넸다.

"이 글씨체의 주인을 알아봐 주십시오. 구양우경을 자연스럽게 형님이라 부르는 걸로 봐서 가까운 사이인 사람을 찾아보시는 게 빠를 것 같군요."

임강령은 서신을 읽어 보고 눈을 치켜떴다.

만약 이 서신의 주인이 구양우경이라는 걸 증명만 하면 검신가는 변명할 여지가 없었다.

"정말 오체분시를 해서 죽일 놈들이로군."

유원당은 이를 갈며 분노했다. 딸 가진 부모들은 모두 그와 같은 마음일 것이었다.

*　　　*　　　*

"멍청한 놈, 잠시를 못 참고 끝내 일을 저질렀군."

호연유는 구양우경에 대한 보고를 받고 짜증이 치밀었다.

결정적인 순간에 써먹으려고 수년 동안 공들였거늘 헛수고가 되어 버렸다.

그뿐 아니라 자신이 이를 갈며 저주하고 있는 자의 명성만 높여 주고 말았다.

더 화가 나는 것은, 그 일이 아직 미무리된 게 아니라는 점이었다.

여차하면 다른 회원들까지 밝혀질지 모르는 일. 그들마저 잡히면 손안에 든 승부패가 손가락 사이로 흘러내린 셈이 될 것이다.

교주 앞에서 낯을 들 수 없는 상황이 되는 거야 당연한 일이고.

"혈사령."

"예, 소존."

"호교이령에게 연락해서 놈의 정체를 구양가의 수뇌부에
알려 주라고 전하시오."

"그가 정말 북천마제의 수하인지 아직 확실하지는……."

무심코 토를 달던 혈사령은 호연유의 눈빛이 서릿발처럼
차가워지자 흠칫하며 재빨리 대답했다.

"알겠습니다, 소존."

"구양가에 알려 주면 알아서 확인하겠지. 맞든 틀리든 우
리에게 손해 될 것은 없으니 시키는 대로 하시오."

"예, 소존."

*　　*　　*

구양우경의 사건이 벌어진 지 나흘째 되던 날.

마침내 삼성궁의 궁주인 구양환과 비룡가 가주 천군호,
신도가 가주 선우명이 오십여 명의 일행과 함께 철은보에 도
착했다.

일행 중에는 삼성궁의 주요 인사들뿐만 아니라 서문각과
같은 휘하 세력의 수장들도 있었다.

구양환은 철은보에 도착하자마자 구양우경을 찾아갔다.

그는 팔다리가 엉망이 되고 눈동자마저 풀어진 아들을 보
고 몸을 부들부들 떨었다.

하지만 전해진 소식이 사실이라면 화를 낼 수도 없는 입장

이었다. 화를 내기는커녕 머리 숙여 백배사죄해야 할 판이었
다.

어쩌면 그래서 더 속이 새카맣게 탔다.

'대체 어쩌자고 그런 짓을 저질렀단 말이냐, 이놈!'

이를 악문 구양환은 입을 반쯤 벌리고 있는 구양우경에게
서 시선을 뗐다.

가슴이 미어지는 한편으로 그런 짓을 저지른 자식이 원망
스럽기만 했다.

그러나 이미 벌어진 일, 돌이키기에는 늦은 상황이었다.

"군사, 더 밝혀진 것은 없는가?"

그가 타들어 가는 가슴을 누르고 위효릉에게 물었다.

위효릉은 침중한 표정으로 대답했다.

"특별한 것은 아직 없습니다."

"각 문파의 대표들을 회의장에 모으도록 하게나."

"예, 궁주."

철심전에 모인 군웅들은 굳은 표정으로 입을 닫고서 삼성
궁 수뇌부가 들어오는 모습을 바라보았다.

바늘만 떨어져도 천둥소리가 날 것 같은 침묵.

구양환이 먼저 포권을 취하며 고개를 숙였다.

"입이 열 개인들 어찌 변명할 말이 있겠습니까? 여러 군웅
들께 심려를 끼쳐 드린 점, 사과드리겠습니다."

참담한 심정이 그대로 느껴지는 젖은 목소리가 대전을 울렸다.

군웅들의 표정도 침중하게 가라앉았다.

고개를 든 구양환이 말을 이었다.

"다만 한 가지, 이번 일을 제 아들에게 국한시켜 주셨으면 하는 바람입니다. 지금 저희 앞에는 사악무도한 천사교가 버티고 있습니다. 행여나 이번 일로 우리의 단결이 무너진다면, 저 사악한 자들에게만 유리한 일이 될 것입니다."

군웅들이 웅성거렸다.

개중 많은 사람이 고개를 끄덕이며 구양환의 말에 찬성했다. 그리고 일부는 그것만으로는 부족하다는 듯 별다른 반응을 보이지 않았다.

"당연히 피해를 본 여인에게는 최대한 배상을 할 것이며, 천무회에도 적절한 보상을 할 생각입니다. 하지만 제 아들이 다른 일에 연루되었다는 것은 아직 사실이 밝혀지지 않았습니다. 그 일에 대해서는 조사가 마무리될 때까지 판단을 유보해 주시기 바랍니다."

절절한 구양환의 목소리는 군웅들의 분노를 가라앉히는 데 상당한 효과가 있었다.

어느 정도 예상하고 있던 터라 북궁천도 바라보기만 했다.

그로서는 헌원려려를 데리고 떠날 수만 있다면 더 이상 일을 크게 벌이고 싶지 않았다.

어차피 당사자인 구양우경은 무공을 잃은 앉은뱅이가 된 데다 정신까지 이상해진 상태였다.

처절한 죽음 이상의 벌을 받고 있는 셈.

명화회와 연관된 일은 다른 사람에게 맡겨도 되었다.

그런데 구양환이 북궁천을 바라보며 말했다.

"단화린, 아주 확실하게 손을 썼더군. 죄를 지었으니 벌을 받는 게 당연한 일이겠지만, 너무 심했다는 생각은 들지 않던 가?"

북궁천은 고개를 돌려서 유원당을 바라보았다.

"유 원주님, 저희가 조금만 늦게 갔다면 무슨 일이 일어났을 거라 생각하십니까?"

유원당이 말하는 것조차 더럽다는 듯 인상을 쓰며 말했다.

"쇠 비늘 달린 채찍에 맞아서 그 여자아이의 온몸이 비늘 자국으로 찢어졌든가, 가시 달린 몽둥이가 그 여자아이의 몸속을 후비고 있었겠지."

북궁천의 눈이 다시 구양환을 향했다.

"들으셨다시피 그 당시는 다른 생각 할 겨를이 없었습니다. 아차하면 그 여인도 참혹하게 죽을 판이었지요. 게다가 구양 공자는 남들이 인정하는 고수가 아닙니까? 제가 조금만 시간을 줬다면, 구양 공자가 그 여인의 입을 막기 위해 손을 썼을지도 모릅니다. 궁주께서는 그래도 제가 손을 과하게 썼다고 생각하십니까?”

구양환의 눈매가 꿈틀거렸다.

구양우경이 다른 일과도 연관되었다는 것을 은연중 암시하는 말투였다.

혹 떼려다 혹 붙인 셈.

‘건방진 놈! 그깟 계집아이 때문에 내 아들을 병신으로 만들어?’

분노가 불길처럼 타올랐다.

하지만 그는 노련한 강호의 거물답게 마음을 겉으로 표현하지 않았다.

“그 정도로 심각한 상황인 줄은 미처 몰랐군. 어쨌든 자네도 모든 일이 다 밝혀지기 전까지는 함부로 입을 놀리지 않았으면 좋겠네.”

북궁천은 구양환의 분노가 담긴 눈길을 피하지 않고 담담히 대답했다.

“염려 마십시오. 저도 그럴 생각입니다.”

대신 사실이 밝혀지면 죽는 게 더 낫다는 생각이 들만큼 더욱 철저하게 밟아 줄 작정이었다.

그런 놈들은 그렇게 당해도 쌌다.

구양우경이라 해서 예외일 수는 없었다.

만약 이번 일이 밝혀지지 않았다면 헌원려도 그렇게 당했을지 모르는 일 아닌가 말이다.

‘그게 싫으면 순순히 인정하고 려려를 빨리 돌려보내라, 구
양환.’

＊　　　＊　　　＊

쾅!

단단한 원목 탁자를 손으로 내리친 구양환의 얼굴이 부들
부들 떨렸다.

탁자에 두 치 깊이로 파인 손자국이 분노의 크기를 대변해
주고 있었다.

‘죽일 놈! 내 아들을 앉은뱅이에다 정신병자로 만들어 놓
고도 잘했다고 말대꾸를 하다니!’

검신가의 장로들은 침중하게 가라앉은 표정으로 구양환
을 바라보았다.

그들 중 구양환의 숙부가 되는 구양종이 그를 다독였다.

“그만 진정하게, 궁주.”

구양환은 이를 악문 채 몸을 돌렸다.

“더는 안 됩니다. 여기서 그쳐야 합니다. 그 아이가 또 다른
일을 저질렀다는 게 밝혀지면 더 버틸 수 없습니다. 무슨 말
인지 아시겠습니까?”

“알고 있네.”

여자를 겁탈하려다 실패한 것과 천무회 무사 하나를 죽인

것은 어떻게든 무마시킬 수 있었다.

피가 난무하는 전쟁을 치르다 보면 제정신이 아닐 때가 있으니까.

더구나 여자는 큰 피해도 입지 않았고, 죽은 천무회 무사도 중급 간부에 불과했다.

양쪽에 상당한 배상을 해 준다면 저들도 계속 몰아붙이지는 못할 것이다.

그러나 또 다른 일이 터진다면, 삼성궁의 명예는 땅에 떨어질 수밖에 없었다.

그럼 비룡가와 신도가는 삼성궁의 명예가 실추된 것에 대한 모든 책임을 검신가에 물을 것이 분명했다.

그동안 삼성궁을 지배해 온 검신가의 최대 위기.

어떻게든 넘기지 못하면 끝장이었다.

구양환은 비장한 표정으로 장로와 간부들에게 말했다.

"다른 세력의 군웅들, 특히 무림맹 사람들을 최대한 회유하시오. 우경이의 성격이 그렇게 악하지 않으며, 처음으로 대규모 혈전에 참여하다 보니 순간적으로 심마에 들었다는 점을 강조하시오. 그리고 우경이의 여죄를 조사하고 있다는 조사대에게서 한시도 눈을 떼지 마시오."

장로와 간부들이 굳은 표정으로 고개를 끄덕였다.

구양환은 명령을 내리고 힘없이 의자에 주저앉았다. 한순간에 십 년은 늙어 버린 기분이었다.

그 때 구양영이 넌지시 말했다.

"형님, 바쁘면 사소한 일은 잊게 마련입니다. 천사교 놈들을 공격하는 방법을 찾아보는 게 어떻겠습니까?"

구양환의 침잠된 눈빛에서 기광이 번뜩였다.

'그것도 좋은 생각이군.'

*　　*　　*

구양환이 도착한 이튿날 오후.

북궁천은 조사라는 공식적인 핑계를 대고 소동동을 찾아갔다.

닷새가 지났는데도 그녀는 그날의 충격에서 완전히 벗어나지 못한 상태였다.

"몸은 좀 어떠냐?"

"많이 좋아졌어요. 구해 줘서 고마워요, 무사님."

북궁천은 자신을 생명의 은인으로 아는 소동동에게 미안했다.

자신이 구양우경을 잡기 위해서 그녀를 이용했다는 걸 알면 어떻게 생각할까? 그래도 고마워할까?

쓸쓸해진 그는 소동동을 다독였다.

"그자는 두 번 다시 너를 건드릴 수 없게 되었다. 그리고 그자가 속한 세력의 누구도 너를 위협할 수 없을 거다. 그러니 안심하고 두려움을 떨치도록 해.”

“예, 그래야겠죠. 그래야…….”

나직이 대답하던 소동동은 물기가 젖은 눈을 소매로 쓱 닦아 내고는, 빙그레 웃으며 오히려 북궁천을 안심시켰다.

“너무 걱정 마세요. 이래 봬도 무사님이 생각하시는 것보다 더 강해요. 아버지가 돌아가신 후 이 가게를 거저먹으려는 사람들이 온갖 훼방을 놓아도, 포기하지 않고 가게를 꾸려 온 사람이 저라구요.”

북궁천이 봐도 강한 여자였다.

천하의 북천마제가 걱정할까 봐 웃고 있지 않는가 말이다.

쓴웃음을 지은 그는 고개를 끄덕였다.

“그래, 너는 이겨 낼 수 있을 거다. 더구나 삼성궁이 너에게 막대한 배상금을 지불할 거다. 그러니 당분간은 힘든 일 하지 말고 몸부터 추스르도록 해라.”

“기왕이면 많이 줬으면 좋겠어요. 가게가 오래되어서 고칠 곳이 많거든요.”

“못해도 은자 천 냥은 주겠지.”

소동동의 눈이 휘둥그레졌다.

그 돈이면 가게를 고치는 게 아니라, 집까지 통째로 멋지게 새로 지을 수 있었다.

“정말요?”

“물론이지. 그런데 나는 그것도 적다고 생각한다. 그래서 삼천 냥을 내놓으라고 할 생각이다. 준다고 할 때 확실히 받아 내야지. 어때, 그 정도면 마음에 드느냐?”

소동동의 입이 딱 벌어졌다.

하지만 그녀는 곧 냉정을 되찾고 고개를 저었다.

“그건 너무 많아요. 갑자기 큰돈이 생기면 화를 불러들일 수 있어요.”

“그 점은 걱정마라. 혹시 모를 위험을 대비해서 삼성궁의 이름으로 너를 지켜 주라고 할 테니까.”

삼성궁이 배후에 있다면 누가 감히 건들 수 있겠는가?

그럼에도 소동동은 욕심을 부리지 않았다.

“아니에요. 저는 정말 천 냥만 해도 감지덕지예요.”

“네 생각이 정 그렇다면 할 수 없지. 알겠다. 그리 말하마.”

북궁천은 순순히 그녀의 의견을 받아들였다. 그리고 자신이 소동동을 찾아온 두 가지 목적 중 하나를 마저 꺼냈다.

“너에게 하나 물어볼 게 있다. 힘들겠지만 기억을 더듬어 보도록 해라. 정 대답하기 싫으면 하지 않아도 되니 너무 부담 갖진 말고.”

“말씀해 보세요.”

“그날 그자가 혹시 다른 사람의 이름이나 호 같은 것을 말하지 않았느냐?”

소동동의 몸이 잘게 떨렸다. 그날의 일을 떠올리자 두려움이 엄습했다.

북궁천은 몸을 떠는 그녀가 안쓰러웠지만 말없이 기다렸다.

곧 입술을 질겅 깨물고 마음을 진정시킨 소동동이 웅얼거리듯 입을 열었다.

"했어요. 장안의 호 형이나 선우 아우가 알게 되면 자신을 부러워할 거라고…… 그게 다예요."

겨우 말을 마친 그녀는 눈길을 발끝으로 떨구었다.

선우 아우라는 자는 신도가에 있을 명화회 회원일 것이다. 그런데 장안의 호 형은 누굴까?

'선우가의 놈을 잡아내면 알 수 있겠지.'

북궁천은 더 묻지 않고 자리에서 일어났다.

"말해 줘서 고맙다. 쉬도록 해라."

그 때 소동동이 눈을 들어 그를 올려다보았다.

"저도 하나 물어볼 게 있어요."

멈칫한 북궁천이 그녀를 바라보았다.

"말해 봐라."

"무사님께서 저희 집에 찾아오신 거, 매일 당과를 주문하신 거. 그 일과 상관이 있었나요?"

소동동은 착실하고 얼굴이 예쁠 뿐만 아니라 머리도 똑똑했다.

북궁천은 그녀를 직시한 채 솔직히 대답했다.

"부인하지 않으마. 그 점은 정말 미안하다. 굳이 변명을 하자면, 너에게 어려움은 있을지언정 해를 입지는 않을 거라 생각했다. 그렇게 할 자신이 있었으니까. 그런데 약간의 착오로 너에게 고통을 주고 말았구나."

"역시…… 역시 제 짐작이 맞았군요."

"나를 원망한다 해도 할 말이 없다. 그럼 오늘은 이만 가 보겠다."

북궁천은 씁쓸한 마음으로 돌아섰다.

그런데 문을 연 그가 막 방을 나서려할 때 소동동이 말했다.

"너무 미안해하지 마세요. 무사님은 저에게 잃어버린 꿈을 찾아 주셨어요. 그리고 제가 조금 다친 대가로 그렇게 나쁜 자를 잡게 되었으니 오히려 잘된 일이죠."

고개를 돌린 북궁천은 소동동을 향해 희미한 미소를 지었다.

"고맙다. 너는 정말 예쁜 아이다. 분명 멋진 낭군을 만나서 아주 잘 살 거야."

소동동은 눈가에 눈물을 매달고 배시시 웃었다.

"고마워요, 아저씨."

"아저씨가 아니라 오빠다. 아직 장가도 가지 않았거든?"

끝내 소동동이 큭큭대며 소리 내어 웃었다.

북궁천도 마음이 조금 편해졌다.

                    *   *   *

　당화점을 나온 북궁천은 철은보로 돌아가자마자 유원당과 조관수를 찾아갔다.

　그리고 그들에게 '장안의 호 형'을 알아봐 달라고 했다.

　장안에서 호씨 성을 쓰며, 삼성궁의 후기지수들과 어울릴 수 있는 자.

　백사장에서 바늘을 찾는 것 같지만, 상대를 그렇게 좁히면 불가능한 것만도 아니었다.

　조관수는 백검맹과 친하게 지내던 장안의 진가장에 사람을 보내겠다고 했다.

　유원당은 거기에 더해서 무림맹 사람을 만나 개방에 도움을 요청하겠다고 했다.

　북궁천은 그 일을 마무리 짓고 임강령을 만났다.

　"필체의 주인은 찾으셨습니까?"

　"아직 찾지 못했네. 아무래도 은밀하게 알아보려고 했더니 시간이 걸리는군."

　"선우가의 청년 중 구양우경이 아우라 부르며 친하게 지내는 사람은 얼마나 됩니까?"

　잠시 기억을 더듬은 임강령이 말했다.

　"선우가의 청년은 모두 이십여 명이네. 하지만 구양우경은 아무나 아우라고 부르지 않네. 그가 아우라고 부르며 친하게 지내는 사람은 대여섯 명 정도지.”

“그중에서 ‘장안의 호 형’을 알고 있는 사람을 찾으면 좀 더 좁혀지겠군요.”

“아무래도 그러겠지. 혹시 그자가 구양우경과 어울린 자인가?”

“그렇습니다.”

북궁천은 소동동에게 들은 이야기를 짤막하게 해 주었다. 그리고 마지막에 자신의 의견을 덧붙였다.

“그들이 쓴 글이 없어서 필체를 대조해 보기가 어려우면, 의심되는 사람들에게 서신을 보내서 답장을 받아 보면 어떻겠습니까?”

임강령은 의외라는 표정으로 북궁천을 빤히 응시했다.

“소문으로는 패도적이고 직선적이어서 치밀함과는 거리가 먼 성격이라고 들었는데, 모두 헛소문이었군.”

북궁천은 그의 말뜻을 깨닫고 피식 실소를 지었다.

“그게 아니라, 무식한 데다 피도 눈물도 없는 악귀라고 소문났겠지요.”

임강령이 자신의 입으로 말하기가 좀 그런지 손으로 입을 가리고 헛기침을 했다.

“험, 뭐 그 정도는 아니어도 비슷하게는 소문이 났지.”

“사실입니다. 거기다 아주 멍청하기까지 했지요.”

"그건 아닌 것 같은데……."

"멍청하니까 여기까지 온 것 아니겠습니까? 만약 제가 조금만 깊게 생각했다면 여기까지 올 이유도 없고, 려려를 고생시키지도 않았을 겁니다."

연합 세력의 입장에서는 차라리 잘된 일이었다.

임강령은 그가 없었다면 무슨 일이 벌어졌을지 생각만 해도 아찔했다.

한편으로는 여자가, 사랑이 사람을 이 정도까지 변화시킬 수 있다는 것이 놀랍기만 했다.

하지만 그는 이야기가 엉뚱한 방향으로 흐르기 전에 마저 하던 이야기를 매듭지었다.

"좌우간 자네의 의견은 나도 찬성하네. 그렇게 해 보지."

북궁천은 임강령이 자신의 제안을 받아들이자, 또 다른 질문을 했다.

"구양 궁주는 어떻게 하고 있습니까? 가만히 앉아서 조사 결과가 나오는 걸 기다리지는 않을 것 같습니다만."

"구양가의 가신들이 각 세력의 주요 간부들을 만나 설득하는 모양이네. 그리고 나와 백리 형님에게 조사를 대충 마무리해 주었으면 하는 뜻을 넌지시 비치더군."

그 일에 대해선 북궁천도 들었다. 하지만 그것은 그들의 입장으로는 당연한 일이어서 문제 삼을 것도 없었다.

그가 정말로 걱정하는 것은 구양환이 엉뚱한 일을 벌일 경우였다.

‘만약 려려에게 조금이라도 해가 된다면, 당장 려려를 데리고 떠나야겠어. 려려도 그쯤 되면 반대하지 않겠지.’

북궁천은 다시 한 번 각오를 다지고 임강령에게 말했다.

“혹시라도 려려와 관련된 일이 생기면 저에게 말씀해 주십시오.”

“걱정 말게. 그 일에 관해서만큼은 나도 자네 편이네.”

연합 세력 전체를 위해서라도.

북천마제를 분노케 해서 좋을 건 없으니까.

第三章
너는 나의 모든 것이다

　구양환은 실성해 버린 아들을 보고 이를 악물었다.

　비오기 전날의 하늘처럼 흐리멍덩한 눈빛, 곱사등이처럼 굽은 어깨, 반쯤 벌어진 입에서 흐르는 걸쭉한 침.

　얼마 전까지만 해도 강호 청년들의 우상이었던 신룡공자는 어디 있단 말인가. 삼성궁의 미래를 이끌어 갈 검신가의 후계자는 어디로 사라졌단 말인가!

　천으로 꽁꽁 감싼 어깨는 움직일 순 있어도 기껏해야 수저를 겨우 들 정도일 뿐. 부목을 대어서 묶어 놓은 두 다리는 낫는다 해도 걷기가 힘들 거라고 했다.

　거기다 단전은 복구될 수 없을 만큼 부서진 상태였고.

철저한 파괴!

‘차라리 죽일 것이지…….’

죽었다면 무슨 수를 써서라도 단화린에게 대가를 치르게 했을 것이 아닌가 말이다.

울화통이 터진 구양환은 더 이상 아들의 모습을 보지 못하고 방을 나왔다.

그리고 건너편에 있는 헌원려려의 방으로 향했다.

헌원려려의 방에는 그녀와 서문각이 함께 있었다.

구양환은 헌원려려을 향해 착잡한 표정으로 말했다.

“네가 고생이 많구나. 힘들어도 조금만 참아라. 지금은 충격 때문에 정신이 오락가락하지만 시간이 지나면 낫겠지.”

헌원려려는 구양환이 말을 붙이자 놓치지 않고 입을 열었다.

“궁주님, 솔직히 말씀드려서 견디기가 너무 힘듭니다. 허락하신다면 이곳을 떠나고 싶습니다.”

구양환도 어느 정도는 예상하고 있던 터였다.

혼인할 남자가 불구가 되었다. 더구나 사악한 음마로 만인의 손가락질을 받고 있지 않은가?

어느 여자가 심적으로 동요하지 않을까?

그럼에도 그는 막상 그녀가 떠나겠다고 하자 속이 울컥했다.

혼인만 하지 않았을 뿐 많은 사람들이 그녀를 구양우경의 부인이나 다름없이 생각하고 있었다. 그런데 불구가 된 약혼자를 놔두고 혼자 떠나겠다니.

하지만 그녀를 강제로 붙잡아 두기에는 상황이 너무 좋지 않았다.

"조금만 기다리도록 해라. 옮겨도 괜찮을 정도가 되면 우경이와 함께 궁으로 보내 줄 테니까."

"궁으로 가겠다는 것이 아니에요."

"그럼 뭐냐?"

숨을 몰아쉰 헌원려는 결심을 굳힌 눈빛으로 구양환의 눈을 직시했다.

"포원산장으로 돌아가겠어요. 죄송해요."

구양환의 눈이 서문각을 향했다.

"장주, 파혼을 하겠다는 것이오?"

서문각은 최대한 착잡한 표정을 지으며 어쩔 수 없다는 듯 말했다.

"어차피 당장 혼인을 치를 수도 없는 상태가 아닙니까, 궁주? 파혼을 한다기보다, 상황이 호전될 때까지 잠시 혼인을 미루자는 것이지요."

구양환의 입술이 파르르 떨렸다.

말이 미루자는 것이지 파혼 선언이나 다름없었다.

구양우경의 상태를 보면 당연한 일이었다. 아마 자신이라 해도 그리했을 것이었다.

　그러나 약혼녀마저 떠나면 구양가를 바라보는 시선이 더욱 싸늘해질 터. 그걸 알 텐데도 딸을 보내겠다는 것은 결국 자신을 무시하는 처사가 아닌가.

　자존심이 상한 그는 서문각과 헌원려려의 요청을 순순히 들어주고 싶지 않았다.

　"당장은 안 되오. 하다못해 우경이가 다른 사건과 관련 없다는 것이 밝혀질 때까지 만이라도 기다려 주시오."

　"허, 궁주……."

　서문각은 난감한 표정을 지었다.

　그도 처음에는 헌원려려의 청을 듣고서 망설였다.

　삼성궁주와 사돈이 된다는 것은 천만금보다 더 가치 있는 일이었다. 포기하기에는 너무나 큰 떡인 것이다.

　하지만 그녀에게 자세한 설명을 듣고 나서 마음을 바꿨다.

　구양우경은 음마가 분명하고, 음마를 사위로 맞이하면 세상이 포원산장을 경멸의 눈으로 바라보며 거리를 둘 거라 하지 않는가 말이다.

　차분히 생각해 보니 그녀의 말이 옳았다.

　'구양우경이 음마라는 게 확실해지면 삼성궁의 후계자는 다른 가문으로 넘어간다. 비룡가나 신도가에 뛰어난 젊은이가 어디 한둘인가? 그 친구들 중에서도 이 아이를 탐하는 자가 있을 거야.'

그렇다면 그 전에 구양우경과의 관계를 깨끗하게 정리해야 한다.

내심 마음을 정리한 서문각은 단호한 목소리로 말했다.

"궁주, 죄송하지만 오래 머물 수는 없소이다. 애가 워낙 큰 충격을 받아서……."

"며칠도 못 기다려 준단 말이오?"

다그치듯 묻는 구양환의 눈빛이 싸늘해지자, 서문각은 한 발 물러섰다.

삼성궁의 그늘에서 벗어날 수 없는 한 궁주에게 밉보여서 좋을 것이 없었다.

"며칠이라…… 하긴 궁주와의 관계를 생각하면 제 욕심만 챙길 수도 없지요. 좋습니다, 그럼 닷새를 기다리도록 하겠습니다. 그 정도면 결과가 드러나지 않겠습니까?"

닷새.

충분할 수도 있고, 미흡할 수도 있다. 하지만 구양환도 그 정도에서 만족했다.

사태를 해결할 방법이 꼭 하나만 있으란 법은 없으니까. 그리고 닷새는 다른 방법을 강구하기에 아주 짧은 시간은 아니었다.

"고맙소. 어려운 상황에서 결단을 내려 준 장주께 언제든 보답하리다."

"허허허허, 별말씀을 다 하십니다. 어디 궁주와 제가 이런 일로 보답 운운할 사이입니까? 어쨌든 잘 해결되기를 기대하겠습니다."

서문각은 마지막까지도 구양환의 비위를 맞춰 주었다.

구양환은 구렁이처럼 은근슬쩍 넘어가는 서문각이 얄미웠다. 하지만 지금은 아군 하나가 아쉬운 상황. 서문각의 너스레를 순순히 받아 주었다.

"장주가 그리 말씀하시니 마음이 든든하구려. 그럼 이만 가 보겠소."

"회의 때 뵙겠습니다, 궁주."

헌원려려는 방을 나서는 구양환을 보며 속으로 한숨을 쉬었다.

북궁천이 닷새를 기다려 줄까?

지금까지 기다린 것을 생각한다면 긴 시간은 아니었다.

문제는 닷새 안에 결론이 나지 않았을 때였다.

그때 가서도 구양환이 보내 주지 않는다면, 그는 더 이상 참지 않을 것이 분명했다.

'어쩔 수 없어. 궁주가 계속 붙잡아 두려 하면 그에게 모든 것을 말하는 수밖에.'

몰래 이곳을 떠나서 진아를 찾아내기만 한다면 더 거리낄 게 없는 것이다.

그녀가 입술을 살짝 깨물며 결심을 굳힐 때, 서문각이 구양환을 배웅하고 그녀에게 다가왔다. 그리고 구양우경에 대해 재차 확인했다.

"려아야, 구양우경이 음마라는 것은 확실하겠지?"

"예, 고숙."

"네 말이 옳다면 구양가와의 관계를 끊어야겠다. 려아 너는 시간 날 때 비룡가와 신도가의 공자 중에서 마음에 드는 사람이 있는지 알아봐라."

"예?"

헌원려려는 서문각의 말에 눈이 동그래졌다.

서문각은 수염을 비비 꼬며 입술을 기묘하게 비틀었다.

"놀랄 것 없다. 구양우경과 혼인도 하지 않았는데 뭐가 어떻단 말이냐?"

헌원려려는 서문각의 욕심에 어이가 없었다.

'고숙, 그렇게는 안 될 거예요.'

*　　　*　　　*

구양환은 담담한 표정으로 자신의 방에 들어섰다.

하지만 방문을 닫음과 동시, 눈을 치켜뜨고 이가 드러날 정도로 얼굴을 일그러뜨렸다.

'이제 클 만큼 컸다 이건가? 흥! 서문각, 내가 그리 쉽게 무너질 줄 아느냐?'

그 때 방문이 열리고 구양영이 들어왔다.

그는 구양환에게 바짝 다가가더니 나직한 목소리로 말했
다.

"형님, 드릴 말씀이 있습니다."

구양환은 숨을 몰아쉬어서 마음을 가라앉히고 몸을 돌렸
다.

"뭐냐?"

"단화린의 정체를 알아냈습니다."

순간 구양환의 눈빛이 하얗게 빛을 발했다.

"그래? 말해 봐라, 대체 어떤 놈이더냐?"

입을 여는 구양영의 표정이 심각해졌다.

"북천을 피로 물들인 포악한 마제에 대해서 들어 보셨을
겁니다."

"북천마제 말이냐?"

무심코 되묻던 구양환의 눈이 튀어나올 것처럼 커졌다.

"설마…… 그놈이 북천마제라는 말은 아니겠지?"

구양영은 어색한 표정으로 대답했다.

"북천에서 제왕처럼 군림하는 그가 뭐하러 이곳에 오겠습
니까?"

더구나 삼성궁의 말단 무사로 들어오다니. 미치지 않고서
야 그런 일이 일어날 이유가 없었다.

"그럼 누구란 말이냐?"

"제가 알아본 바로는…… 그자가 보낸 사람일 확률이 큽

니다.”

“그자가 왜 이곳에 사람을 보낸단 말이냐?”

“몇 가지 소문을 종합해 보면 충분히 가능한 일입니다.”

“무슨 소문 말이냐?”

“북천마제가 한 여인에게 빠져서 술로 세월을 보냈다고 합니다. 그리고 그 여인이 바로 헌원려려라고 합니다.”

“헌원려려? 서문각의 양녀인 서문려려 말이냐?”

“예, 형님.”

구양환은 그제야 구양영의 말이 어느 정도 신빙성이 있음을 직감하고 눈을 가늘게 좁혔다.

“으음, 북천마제가 헌원려려를 빼 가기 위해서 사람을 보냈다, 그 말이지?”

“바로 그겁니다, 형님.”

“그런데 놈이 누구기에 우경이를 단숨에 꺾을 수 있는 실력을 지닌 거지?”

“북천마궁에 그 정도 실력을 지닌 젊은 고수가 있다고 합니다. 흑룡대주 장추람이라는 자인데, 키가 크고 체격도 좋은 데다가, 성격이 차갑고 무공마저 막강해서 북천마제가 가장 아끼는 북천사룡 중 수좌라 합니다.”

모든 조건이 단화린과 일치한다.

구양환은 눈빛을 싸늘하게 빛내며 이를 지그시 악물었다.

북천마궁은 중원의 정도 문파와 어울릴 수 없는 새외의

마도 세력.

단화린이 정말 북천마궁에서 온 자라면 처리할 방법이 아주 없는 것도 아니다.

"아주 좋은 정보군. 수고했다, 아우."

"별말씀을 다 하십니다. 저야 본 가의 명예를 위해서라면 이 한 몸 바칠 각오가 되어 있습니다, 형님."

구양환은 구양영의 어깨를 두드리며 힘차게 고개를 끄덕였다.

"그래, 아우처럼 책임감이 투철한 사람들이 본 가에 있는 한 본 가는 쉽게 무너지지 않을 것이다."

"당연히 그래야지요. 그런데 형님, 그놈을 어떻게 처리하실 생각이십니까? 당장 무림맹과 천무회에 알리고 놈을 잡아들이는 것이 어떻겠습니까?"

"놈의 정체를 밝힐 증거가 있느냐?"

"확실한 증거는 없습니다만, 정황상 놈이 북천마궁의 사람인 것은 분명합니다, 형님."

구양환의 표정에 아쉬움이 그대로 드러났다.

그 역시 단화린을 잡아서 자신의 아들보다 몇 배의 고통을 주고 싶었다.

그러나 검신가가 처한 상황이 너무나 안 좋았다.

당장 단화린을 북천마궁의 궁도로 몰아붙이면, 사람들은 검신가가 위기를 벗어나기 위해서 그를 제물로 삼으려 한다고 생각할지 몰랐다.

설령 단화린이 정말 장추람이라 해도, 천사교와 싸우기 위해서 왔을 뿐이라고 하면 더 몰아붙일 수도 없다.

놈 하나만 제거한다고 해서 끝날 문제도 아니고.

"일단은 사람들의 관심을 돌리는 게 중요하다. 놈은 좀 더 확실한 증거를 잡은 후 처리해도 늦지 않아."

"그러다 놈이 서문려려를 데리고 도망가기라도 하면……?"

"도망간다?"

나직이 구양영의 말을 되뇌던 구양환의 입술이 묘하게 비틀렸다.

"그래, 차라리 그게 나을지도 모르겠군."

"예?"

"놈이 서문려려를 데리고 도망가면 우리에게 놈을 칠 확실한 명분이 생기지 않겠느냐?"

"그건 그렇습니다만, 그래도 그녀는 우경이의 약혼자가 아닙니까?"

그 말에 구양환의 눈빛이 섬뜩하게 번뜩였다.

"조금 전에 서문각과 그 아이를 만나고 왔다. 파혼을 하자더군. 우경이가 그 꼴이 되니 행여나 자신들에게 오물이 튈까 봐 걱정인 모양이야."

"그게 정말입니까?"

"포원산장으로 돌아가겠다고 당당히 말하더군. 흠이 있어도 우경이를 봐서 참고 받아들였더니…… 나와 본 궁을 얼마나 우습게 봤으면, 내 눈을 똑바로 쳐다보면서 어찌 감히 그 따위 말을 할 수 있단 말이냐?"

"참으로 어이가 없군요. 서문각이 겉과 달리 욕심이 많은 자라는 건 익히 알고 있었습니다만, 감히 형님에게 등을 돌리다니요? 흥, 그렇다면 서문려려를 걱정할 필요는 없겠군요."

"그동안 너무 잘해 줬어. 좋은 종으로서 대해야 했거늘, 힘이 좀 커졌다고 주인의 등에 올라타려고 하다니……"

구양환의 입가에 냉소가 떠올랐다.

어차피 서문려려는 북천으로 가고 싶어도 혼자 가지 못한다. 어쩌면 그래서 지금까지 남아 있는지도 모른다.

그 점을 이용하면 두 가지 문제를 한꺼번에 처리할 수 있을 듯했다.

'이놈, 멍석을 깔아 줄 테니 어디 마음껏 놀아 봐라.'

나름대로 단화린과 헌원려려에 대한 대책을 세운 그는 구양영을 바라보았다.

"천사교가 움직이면 군웅들도 내분이 격화되는 것을 원치 않을 거다. 그때 놈을 처리하는 게 좋을 것 같다. 놈의 목적이 밝혀지면 우경이에 대한 의심도 많이 희석되겠지."

"아무래도 그럴 겁니다. 놈이 우경이를 음마로 몬 이유가 서문려려를 빼돌리기 위해서 그런 것이라고 설득하면 군웅들도 흔들릴 수밖에 없을 겁니다."

“홋, 서문각의 얼굴이 볼 만해지겠군.”

구양환의 냉소가 짙어지자, 구양영이 눈빛을 묘하게 반짝이며 말했다.

“그럼 천사교가 빨리 움직일수록 놈에 대한 처리도 빨라지겠군요. 맡겨 주신다면 제가 한번 천사교를 움직여 보겠습니다, 형님.”

“가능하겠느냐?”

“그들이 대규모로 이동한다는 말만 들려도 군웅들의 시선이 집중될 겁니다. 그 정도라면 해 볼 수 있을 것 같습니다.”

한겨울에 벌어지는 싸움은 양편 모두에게 더 많은 희생을 강요한다.

추운 날씨에 수백 리를 이동한다는 것도 쉽지 않고, 그렇게 이동해서 적을 공격한다 해도 몸이 지쳐서 그만큼 불리해진다.

전력이 엇비슷한 상황에서 그 차이는 승패와 직결될 터.

더구나 이미 두어 번의 싸움으로 겨울의 싸움이 얼마나 힘든지 몸서리쳐지게 겪어 보지 않았는가.

연합 세력과 천사교가 협상이라도 맺은 듯 상대를 공격하지 않고 눈치만 보는 이유 역시 그 때문이다.

그러하기에 구양환도 당장 대규모 격전이 벌어지는 것은 원치 않았다.

그러나 단순히 이동하는 것이라면 큰 상관이 없을 듯했다.

피해를 주는 것도 아니니까.

"좋다, 한번 해 봐라."

"예, 형님."

구양영이 밖으로 나가자 구양환은 천장을 올려다보았다.

그 때 문득 한 가지 생각이 뇌리를 스친 구양환이 스산한 눈빛을 번뜩이며 말했다.

"상악, 밖에 있으면 안으로 들어와라."

"예, 궁주."

곧 사십 대 초반의 중년인이 안으로 들어왔다. 그가 바로 수룡위사대 대주 능상악이었다.

"상악, 네가 직접 궁으로 가서 부인을 만나라. 그리고 부인에게 영선원의 아기를 옮겨야 한다고 말한 후 건네받아서 내가 말하는 곳으로 데려가라."

능상악은 의아한 표정을 지었지만 토를 달진 않았다.

하라는 대로 하면 그뿐.

"예, 궁주."

"어느 누구에게도 장소를 말해선 안 된다. 내가 부를 때까지는 돌아오지 말고 아기를 지키면서 기다려라. 무슨 말인지 알겠느냐?"

"알겠습니다, 궁주."

구양환은 능상악이 방을 나가자 이를 지그시 악물고 냉소를 지었다.

'어쩌면 마제의 아이일지도 몰라.'

＊　　＊　　＊

"찾았네."

임강령은 굳은 표정으로 말하면서 종이 하나를 북궁천 앞으로 밀었다.

"천사교를 물리칠 적절한 병법에 대해서 물었지. 이것은 그에 대한 답일세."

그는 삼성궁의 젊은 무사 이십여 명에게 문제가 적힌 서신을 보냈다.

멋진 병법을 내놓는 사람에게 상품이 있을 거라는 말과 함께.

그리고 답을 받은 후 필체를 대조했다. 그런데 그중 하나의 필체가 일치했다.

북궁천은 임강령이 내민 답지를 읽어 보았다.

나름대로 천사교와 싸울 방법에 대해서 적혀 있었다.

천사교의 주력이 모여 있는 상주를 은밀히 포위해서 빠져나갈 틈도 없이 전격적으로 공격하는 것이 최선이라는 내용이었다.

그리고 아래쪽에는 이름이 적혀 있었다.

북궁천의 시선이 이름을 향하자 임강령이 말했다.

"선우중은 선우명 가주의 둘째 아들이네. 이번에 함께 왔지."

고개를 든 북궁천이 물었다.

"그에 대한 평판은 어떻습니까?"

"술을 좋아하는 것 외에는 그동안 별문제가 없었네. 첫째인 선우승에게 밀려서 사람들의 관심을 받지 못했지만, 무공도 뛰어나고 사람 됨됨이도 괜찮은 젊은이지. 솔직히 말하면, 선우중이 음마 중 하나라는 게 믿기지 않네."

"세상에는 가면을 쓰고 사는 사람이 많지요. 철은보 안에 있는 천사교의 간자만 해도 누구보다 정의롭게 행동하고 있을 겁니다."

임강령이 왜 그걸 모를까. 어쩌면 그래서 더 마음이 착잡했다.

아직 북궁천에게도 말하지 않았지만, 그가 주시하고 있는 사람이 둘 있었다.

하나는 전부터 주시하던 자이고, 하나는 새롭게 주시하고 있다.

그중 하나라도 천사교의 간자로 밝혀질 경우, 자신 역시 엄청난 심적 충격을 받을 게 분명했다.

'그들은 아니겠지. 그들은 천사교와 손을 잡을 이유가 전혀 없는 사람이야.'

임강령은 확신이 설 때까지 그에 대한 사실을 자신의 가슴에만 묻어 두기로 하고, 우선은 눈앞의 일에 충실했다.

"이제 어떻게 할 건가? 이것만으로는 그를 잡아넣기에 부족하네. 달리 그가 정말 음마인지 아닌지 알아봐야 할 것 같네만."

필체만으로는 완벽히 올가미를 걸 수 없다.

북궁천도 그 점을 모르지 않았다.

선우중이 자신의 글이 아니라고, 또는 그런 내용이 아니라고 악착같이 우길지 모른다.

그러면 신도가 가주인 선우명이 먼저 그를 비호할 것이고, 구양환까지 나서서 감쌀 것이 분명하다.

보다 완벽한 증거. 걸리면 빠져나갈 수 있는 증거가 필요했다.

"제가 알아보겠습니다."

*　　　*　　　*

북궁천은 헌원려려를 찾아갔다. 서문각은 자신의 거처로 갔는지 헌원려려만 남아 있었다.

헌원려려는 그에게 차를 따라 준 후 구양환과 나눈 이야기를 전했다.

"닷새를 기다린 후 그때까지 결론이 나지 않으면 돌아가기로 했어요."

북궁천의 눈빛이 차갑게 식었다.

구양환이 아무런 대책도 없이 닷새라는 시간을 응낙했을 리 없었다.

'그사이 어떤 식으로든 상황을 변화시켜 보려 하겠지.'

그래 봐야 선우중에 대한 것이 밝혀지면 더 깊은 수렁에 빠지게 될 터. 기다림은 구양환에게 이득 될 게 없었다.

하지만 북궁천의 입장에선 일이 복잡하게 흐르는 것을 원치 않았다.

구양환은 막다른 구석에 몰린 상태였다.

힘을 가진 자일수록 겉과 속이 다른 법.

그가 아무리 정의 운운한다 해도, 절망적 상황에 빠지면 돌변하는 게 보편적인 인심이 아니던가.

'그가 엉뚱한 생각이라도 하면 일이 귀찮게 흐를지 모른다. 그 전에 결정을 내려야만 해. 후우, 려려가 허락만 하면 당장이라도 떠날 수 있는데……'

북궁천은 그녀의 마음을 이해할 수 없었다.

려려는 무엇에 얽매여서 단호한 결정을 내리지 못하는 걸까?

자신에게 혼인할 수 없다고 할 때는 눈 한 번 깜박이지 않고 잘만 말하더니.

자신이 그리도 만만하게 보였나?

'도대체 알 수가 없군.'

양부인 서문각이 곤경에 빠질 걸 염려해서 그런다는 것을 모르진 않았다. 그래도 도가 지나쳐서 답답할 지경이었다.

려려가 떠난다고 해서 설마 삼성궁이 포원산장을 멸망시키기야 할까?

구양우경을 좋아해서 남아 있는 것은 더더구나 아니고.

이런저런 가능성을 생각해 보던 북궁천은 결론이 나지 않자, 가슴속에 꽉 들어찬 의문을 넌지시 꺼내 보았다.

"려려, 왜 그렇게 삼성궁의 눈치를 보는 거지? 네가 나와 함께 떠나면 포원산장이 곤욕을 치를까 봐 그런 거냐?"

헌원려려는 차를 마시는 척하며 잠시 숨을 골랐다.

마침내 북궁천이 본격적인 의문을 제기하기 시작했다.

어떻게 생각하면 사실대로 다 털어놓고 도움을 요청하는 게 나을지도 몰랐다.

북궁천은 예전과 많이 달라져 있었다.

절대의 패왕 북천마제의 흔적은 찾아볼 수도 없고, 그럭저럭 강호의 협의지사 언저리에는 도달한 듯했다.

무슨 말을 한다 해도 우려했던 것처럼 감정대로 행동하지는 않을 것 같고.

북궁천의 변화에 마음이 흔들린 그녀는 조심스럽게 입을 열었다.

"포원산장의 문제 때문만은 아니에요. 사실은 그보다 더 중요한 일이 있어요."

북궁천은 그녀가 감추고 있던 비밀을 털어놓으려 한다는 것을 알고, 엉덩이가 들썩일 정도로 반가웠다.

"더 중요한 일? 뭐냐? 뭐든 말해 봐라. 내가 해결해 주마!"

그런데 너무나 반가운 나머지, 깊은 곳에 꾹꾹 눌러져 있던 예전의 성격이 슬쩍 고개를 내밀었다.

헌원려려는 그것만으로도 불안했다.

손바닥으로 가슴을 치며 눈빛을 반짝이는데, 마치 문제가 있으면 천하를 뒤엎기라도 할 것 같았다.

'아직은 이른가?'

그녀가 머뭇거리자 북궁천은 애가 탔다.

그때만큼은 뒷산의 억만 관 바위 같던 부동심도 흔들바위처럼 흔들거리고, 임강령이 감탄할 정도의 치밀함은 아예 흔적조차 찾아볼 수가 없었다.

"말해 보라니까? 어떤 놈이 네 약점을 잡고 몰래 너를 괴롭히고 있는 것이냐? 혹시 네 고모부라는 서문각이……? 아니면 구양환이 설마 너를 욕심내는 것은……?"

'후우, 역시 안 되겠어. 사실대로 말하면 당장 난리가 날 거 같아.'

헌원려려는 반쯤 열었던 마음의 문을 다시 닫고, 말을 살짝 돌렸다.

"그런 것이 아니에요."

"그래? 그럼 뭔데?"

"내려올 때 저만 온 것이 아니잖아요. 그런데 제가 갑자기 궁주님과 함께 떠나면 그 사람들이 고통을 겪을 수밖에 없어요."

사실이 그랬다. 말하고자 했던 핵심에서는 조금 벗어나 있지만, 그녀는 그 사람들을 놔둔 채 자신만 떠난다는 것 역시 마음에 걸렸다.

자신이 비룡가나 신도가의 공자와 맺어지기를 바라는 서문각이 아닌가?

그런데 자신이 갑자기 떠나 버리면 그들에게 화풀이할지 모르는 것이다.

"네가 떠난다 해도 그 사람들은 서문 장주가 잘 보살펴줄 것 아니냐? 정 힘들면 검원장으로 돌아가도 될 것이고."

"고숙께서는 제가 떠나는 걸 바라지 않아요. 구양 궁주는 말할 것도 없고요. 그러니 제가 허락 없이 떠나면, 그 사람들이 저 대신 두 분의 불만을 모두 떠안게 될 거예요."

헌원려려는 차마 서문각의 의도를 사실대로 말하지 못하고 대충 둘러댔다.

그 말을 하면 당장 서문각을 찾아가서 패대기칠지 몰랐다.

북궁천은 어렴풋이나마 그녀의 마음을 이해했다.

듣기로 그녀는 열 명가량의 일행을 대동하고 하남에 왔다고 했다. 만 리 길을 동고동락한 검원장 사람들을 나 몰라라 할 여인이 아니다.

헌원려려가 어디 보통 정이 많은 여인인가?

'려려는 마음씨가 너무 고와서 탈이야. 가솔들을 걱정해서 자신의 행복을 미루다니.'

북궁천은 마음씨가 선녀 같은 헌원려려를 위해서 며칠 더 기다리기로 했다.

헌원려려가 자신의 마음을 받아들였다는 것만으로도 그 정도는 참을 수 있었다.

"정 그렇다면 어쩔 수 없지. 대신 닷새가 지나도 보내 주지 않으면 그냥 떠나도록 하자. 포원산장에 있는 가솔들은 아우들에게 말해서 데려오라고 하면 되니까."

헌원려려는 오늘 하려던 말을 그때하기로 했다.

하루하루가 달라지고 있었다. 당장만 해도 순순히 자신의 고집을 꺾지 않는가 말이다.

며칠 더 지나면 더 나아지겠지.

"알았어요."

북궁천은 떠나기가 싫었지만 억지로 자리에서 일어났다.

검신가의 눈이 자신을 주시하고 있었다. 더구나 헌원려려의 방이 아닌가? 너무 오래 있으면 이상하게 생각할지 몰랐다.

그는 나가기 전에서야 선우중에 대해서 물어봤다.

"려려, 혹시 구양우경이 선우중을 특별하게 대하거나, 그에 대해서 이상한 말을 한 적이 없었느냐?"

잠시 기억을 되짚어 본 헌원려려가 눈을 들고 말했다.

"있었어요. 그러고 보니 그는 선우중의 이름을 말할 때마다 묘한 표정을 지었어요. 다른 사람을 말할 때와는 뭔가 다른 느낌이었죠. 어떤 때는 욕을 하기도 하고, 어떤 때는 부럽다는 표정을 짓기도 했는데, 그가 그런 말을 할 때마다 왠지 음침한 느낌이 들었죠. 왜요, 혹시 그가 서신을 보낸 사람인가요?"

"아무래도 그런 것 같다. 혹시라도 그가 이곳에 오거든, 절대 혼자서는 그를 만나지 마라. 무슨 말인 줄 알지?"

섬뜩한 기분이 든 헌원려려는 굳은 표정으로 고개를 끄덕였다.

"알았어요."

북궁천은 그쯤에서 아쉬움을 접었다.

"이만 가 볼 테니 편안한 마음으로 며칠만 기다려라."

"그럴게요."

헌원려려가 돌아선 북궁천에게 바짝 접근하며 대답했다.

그 순간이었다. 오래전에, 아주 오래전에 맡아 봤던 국화 향이 확 밀려들었다.

아찔한 느낌!

백회를 뚫고 용천까지 내달리는 전율!

획, 몸을 돌린 북궁천은 양손을 쫙 뻗어서 헌원려려를 끌어당겼다.

여섯 자나 떨어져 있던 헌원려려의 몸이 그의 품안으로 빨려들었다.

와락, 그녀를 끌어안은 북궁천의 머릿속에서 하얀 폭발이 일었다.

"려려, 너는 나의 모든 것이야. 세상을 다 준다고 해도 바꾸지 않을 거다."

*　　*　　*

헌원려려의 방을 나선 북궁천은 온 세상이 다르게 보였다.

허공섭물을 써서 조금은 강제적인 방법으로 안았지만, 그녀가 자신을 거부하지 않았다.

입맞춤도.

아직까지도 쿵쿵거리며 뛰는 심장이 터지지 않은 게 신기했다.

"오늘따라 하늘이 유난히 맑군. 날도 따뜻하고. 곧 봄이 오겠는데?"

히죽 웃은 그는 천광호의 거처를 향해 힘찬 발걸음을 내디뎠다.

"바쁠 텐데 어쩐 일인가?"

천광호는 하루에 한 번 보기도 힘든 북궁천이 자신을 찾아오자 환하게 웃으며 반겼다.

"부탁할 게 있습니다."

"뭔데?"

"아우들과 이조량을 당분간 제가 데리고 있었으면 합니다."

그 정도는 부탁이라 할 것도 없었다.

"맘대로 하게."

흔쾌히 허락한 천광호는 은근한 어조로 물었다.

"그런데 말이야, 구양우경 외에 정말 그런 짓을 한 개새끼들이 또 있는가?"

"있습니다."

"어떤 놈들인지 아나?"

"시간이 지나면 밝혀질 겁니다."

천광호의 눈빛이 반짝였다.

시산이 지나면 밝혀질 거라는 말이, 곧 밝혀질 거라는 말처럼 들렸다.

그런데 단화린의 눈빛을 보니, 아무래도 자신의 짐작이 맞을 것 같았다.

애가 단 그는 북궁천에게 바짝 머리를 들이밀었다.

"이보게, 그 개새끼들 잡을 때 나도 좀 끼워 주면 안 될까?"

"가까운 사람이 있을지 모릅니다. 그래도 괜찮겠습니까?"

천광호는 사악한 천사교도보다 음마에게 더 화가 났다.

천사교 놈들은 아예 나 나쁜 놈이요 하고 나쁜 짓을 하는데, 그 개자식들은 정파의 껍질을 쓰고서 나쁜 짓을 했다.

동료를 속이면서 나쁜 짓을 하는 그놈들이야말로 천사교 놈들보다 더 사악한 놈들이 아닌가 말이다.

더구나 연약한 여자를 그런 식으로 죽이다니!

"내 조카라 해도 상관없네. 아니지, 오히려 내 조카라면 내가 먼저 나서서 패 죽일 거네."

천광호는 충분히 그러고도 남을 사람이다.

북궁천도 그걸 알기에 그의 청을 수락했다.

"좋습니다. 그럼 놈을 잡을 때 당주의 도움을 받도록 하지요."

"고맙네. 언제든 시킬 일이 있으면 말하게. 우리 아이들을 쫙 풀 테니까."

북궁천은 이정한을 시켜서 황보청과 종리기진을 데려오게 했다. 그리고 이조량은 사공강후에게 보냈다.

일각이 지날 즈음, 그의 방에 이정한과 동호량, 초강, 황보청, 종리기진이 모이고, 반 각가량 지나서 이조량이 사공강후를 데려왔다.

북궁천은 이조량과 사공강후가 도착한 후에야 선우중에 대한 이야기를 꺼냈다.

"아우들이 선우중을 감시해 줘야겠다. 너무 가까이 붙지 말고 멀리 떨어져서 교대로 감시해. 그리고 움직임이 수상하면 바로 나에게 알리도록."

먼저 태극문의 제자들에게 명령을 내린 그는 황보청과 종리기진을 바라보았다.

"두 아우는 려려의 호위를 맡아 줘야겠어. 표 나지 않도록 은밀하게 보호해. 만약 선우중이 그곳에 나타나면 어디로 가는지 잘 살펴보고. 려려에게 가면 막고, 구양우경에게 가면 그냥 놔둬."

황보청이 상황을 눈치채고 눈을 가늘게 뜨며 물었다.

"그자가 혹시 구양우경과 놀아난 음마 중 하나입니까?"

"현재로선 거의 확실해. 확실한 증거를 잡는 게 중요하니 눈을 떼지 마."

"예, 대형. 거정 마십쇼. 그 지식이 방민 나서면 그림자처럼 따라붙을 테니까요."

묵묵히 듣고 있던 사공강후가 싸늘한 조소를 지었다.

"그동안 깨끗한 척 다하며 우리가 전검문과 가까이 지내는 것을 비웃더니, 어이가 없군."

전검문은 형문에 있는 세력으로 정사 중간에 위치해 있었는데, 천무회는 그들과 상호협력하며 지내는 사이였다.

그런데 삼성궁은 그걸 보고 천무회를 순수한 정파로 인정하지 않았다. 자신들 등에 똥 묻은 줄은 모르고 말이다.

북궁천은 그에게 한 가지 부탁을 했다.

"나중에 증거가 드러나면 사공 형이 힘을 써 줘야겠소."

"알겠소. 그런 일이라면 삼성궁과 사이가 멀어지더라도 가만있을 수 없지요."

북궁천은 선우중에 대한 처리가 끝나자 화제를 돌렸다.

"구양우경이 귀 회의 사람을 살해한 건에 대해서는 어떻게 하기로 했소?"

"부단주의 가족에게 은자 삼천 냥을 주고, 본 회에 따로 은자 오천 냥을 주겠다고 협상을 제의해 왔지만 일언지하에 거절했소."

"그럼 사공 형은 어떻게 하길 바라시오?"

"먼저 구양우경이 상 부단주를 죽였다는 사실을 공식적으로 인정하고, 구양 궁주가 직접 상 부단주의 가족에게 사과해야 할 거요. 보상은 그다음이오."

"구양 궁주는 뭐라고 하오?"

"상 부단주의 몸에 남은 상흔만으로는 모든 죄를 인정할 수 없으니, 보상하는 선에서 이번 일을 마무리하자고 하오. 흥, 어디 두고 봐야겠소. 선우중이 음마 중 하나라는 게 밝혀지면 어떻게 나오는지."

第四章
철군성에서 온 사람들

　　선우중은 철은보에 도착한 지 이틀이 지나도록 구양우경을 만나지 않았다.

　　그럼에도 북궁천은 그에 대한 감시를 늦추지 않았다.

　　그가 구양우경을 만나지 않는 게 오히려 더 수상했다. 가까이 지낸 사이라면 한 번쯤 찾아가 봐야 정상이 아닌가 말이다.

　　의심을 사지 않기 위해서 거리를 두는 것일 수도 있지만, 꼭 그 이유만은 아닌 듯 느껴졌다.

　　구양우경은 만나지 않으면서 가끔 구양우경의 거처를 살펴보는 그였다. 마치 도둑이 도둑질하기 전에 사전 조사를 하듯이.

그리고 헌원려려를 멀리서 지켜보는 모습이 두어 번 목격되었다.

그 말을 들은 북궁천은 선우중을 몰래 잡아서 팔다리를 모두 부러뜨리고 싶은 충동을 느꼈다.

'아무도 모르게 하면 되지 않을까?'

음마인 것은 분명하니 죄책감을 느낄 이유도 없고 말이다.

'려려도 뭐라고 하지 않을 거야. 그런 놈은 이 세상에 살 가치가 없어.'

팔다리뿐만 아니라 눈알까지 터트려 버리고 싶었다.

그 더러운 눈으로 감히 려려를 훔쳐보다니!

이튿날 그들이 오지만 않았어도 어쩌면 실행에 옮겼을지 몰랐다.

하늘이 잿빛으로 물들어 우중충한 아침 무렵.

가죽옷과 털외투를 걸친 일단의 무리가 저만치서 달려오는 게 보였다.

철은보 정문 위사 정도삼은 바짝 긴장해서 그들을 주시했다.

'어디서 오는 사람들이지?'

천사교의 무리는 아닌 듯했다. 하지만 삼성궁이나 천무회, 무림맹의 사람들도 아니었다.

그들은 도, 검, 창, 극, 궁 등 각양각색의 무기를 지니고 있었다.

게다가 일신에서 뿜어지는 기운이 예사롭지 않아서 다가오는 것만으로도 숨이 막힐 정도였다.

삼류 문파의 무사나 낭인 따위는 절대 흉내 낼 수 없는 기세.

정도삼은 그들이 정문을 향해 곧장 다가오자 숨을 크게 들이쉬고 앞을 막았다.

"정지! 어디서 온 분들이시오!"

앞장서서 걸어오던 기골이 장대한 중년인은 대답하기 전에 먼저 철은보의 현판을 확인하고 활짝 웃었다.

"하하하하, 드디어 도착했군. 우리가 누구냐고 물었는가?"

호탕한 웃음소리, 부리부리한 눈으로 바라보는 중년인과 눈이 마주친 정도삼은 자신도 모르게 어깨가 움츠러들었다.

"그, 그렇습니다."

"우리는 철군성에서 왔네!"

철군성의 무사들이 도착했다는 소식은 곧 철은보에 머물고 있던 각 세력의 수뇌부에 전해졌다.

북궁천도 그들의 도착 소식을 듣고 기분이 묘했다.

'그 꼬마 계집은 잘 있나 모르겠군.'

등경도 왔을까? 양무겸은 어떻게 되었을까?

그가 잠시 추억을 떠올리고 있는데 이정한이 넌지시 물었다.

"대형, 가 보시지 않을 겁니까?"

"내가? 내가 왜?"

"아니, 뭐…… 누가 왔는지도 좀 보고……."

동호량이 이정한의 마음을 눈치채고 놀리듯이 말했다.

"사형, 사형이 좋아하는 능 소저가 왔는지 알고 싶으슈?"

이정한이 제풀에 놀라서 말을 더듬었다.

"무, 무슨 소리야? 쓸데없는 소리 마라, 호량. 능 소저가 나 같은 사람 쳐다보기나 하겠냐? 난 그냥…… 능 소저가 부상에서 완쾌되었는지 그걸 알고 싶을 뿐이라고. 그때 많이 다쳤잖아?"

북궁천이 오늘에서야 처음으로 알았다는 듯 의아한 표정을 지으며 물었다.

"정한 아우가 백화선자를 좋아했어?"

이정한과 동호량은 한심하다는 표정으로 북궁천을 힐끔거렸다.

아마 선우중을 감시 중인 초강이 이 자리에 있다면 그 역시 같은 표정이었을 게 분명했다.

저런 사람이 어떻게 헌원려려를 되찾기 위해서 일만 리나 되는 길을 왔을까.

답답해진 동호량이 친절하게 상황을 설명해 주었다.

"대형, 면산에서 사형이 백화선자를 업었잖습니까. 그때 마음이 통한 거죠."

"맞아, 그랬지. 재미있군. 남녀가 그런 일로 해서 좋아할 수도 있다니 말이야."

신기하다는 표정.

하지만 동호량과 이정한은 전혀 신기해하지 않았다.

신기할 것도, 특별히 재미있을 일도 아니었다. 살다 보면 당연히 벌어질 수 있는 일이니까. 대형만 모를 뿐.

그래도 북궁천은 이정한의 기대를 저버리지 않았다.

"그럼 가서 누가 왔는지 볼까? 능 소저에 대해서도 알아보고 말이야."

이정한이 제일 먼저 일어났다.

"간부들은 지금 철심전에서 각 세력이 수뇌부와 인사를 나누는 중이라고 합니다. 함께 온 무사들은 객당에 있고요. 가시죠, 대형."

그는 이미 철군성 무사들이 머무는 장소까지 파악한 상태였다.

이정한과 동호량을 대동하고 객당으로 다가가던 북궁천은 눈을 휘둥그렇게 떴다.

"저게 누구야?"

객당의 방문 중 하나가 열리더니 세 사람이 나오고 있었다.

칼을 찬 삼십 초반의 장한과 서른 살가량의 아름다운 여인. 그리고 열대여섯 살가량의 백의소녀.

다름 아닌 엽청문과 능소소, 공손설이었다.

"저 꼬마가 왜 여기에 온 거지?"

북궁천은 어이가 없었다.

이곳이 어디라고 꼬마 계집아이가 온단 말인가?

동호량은 공손설이 온 이유를 어렵지 않게 짐작했다.

'대단한 소녀군. 대형을 찾아서 여기까지 오다니.'

반면 능소소를 발견한 이정한은 가슴이 두근거려서 아무 생각도 할 수가 없었다.

'왔구나! 전보다 더 아름다워졌어.'

그 때 공손설이 북궁천 일행을 발견했다.

"어머? 오빠아아아아!"

큰 눈을 동그랗게 뜬 그녀는 활짝 웃으며 소리치더니, 누가 말릴 새도 없이 하얀 나비처럼 날아왔다.

"너 여기는 왜 온 거냐?"

북궁천이 눈을 껌벅이며 물었다.

공손설은 대답 대신 그의 품속으로 날아들었다.

헉!

북궁천은 강적의 공격을 받은 사람처럼 숨을 들이쉬며 두 손을 내밀어서 방어 자세를 취했다.

하지만 공손설은 조금도 망설이지 않고 그의 두 손 사이로 파고들었다.

피할 수도 없고, 그렇다고 내칠 수도 없고.

북궁천이 빤히 보며 망설이는 사이 공손설이 그의 품에 안겼다.

"그러잖아도 오빠가 어디 있는지 물어보려고 하던 참이었어요."

"인마, 좀 떨어져라. 남들이 보잖아."

"뭐 어때요? 동생이 오랜만에 오빠를 만나서 반가워 그러는 건데."

공손설은 그러면서도 거리를 조금 벌리고 그를 올려다봤다.

반달처럼 휘어진 커다란 눈. 너무 맑아서 백옥에 흑진주를 박아 놓은 것 같은 눈동자가 기다란 눈썹에 덮여 반짝였다.

하얀 이를 드러내며 밝게 웃는 입술이 복사꽃처럼 물들어 있고, 티 한 점 없는 옥빛 볼에 깊은 보조개가 옴폭하니 파였다.

코앞에서 보면 누구든 넋을 빼앗길 수밖에 없는 모습.

하지만 북궁천의 눈에는 그저 철없는 어린 계집아이로 보일 뿐이었다.

"여기가 어딘 줄 알고 따라온 거냐? 천사교 놈들이 얼마나 독한 놈들인 줄 알아?”

거기다 음마도 설쳤다.

그가 눈을 부라리고 다그쳤지만, 공손설은 조금도 걱정하지 않는 눈치였다.

“걱정 마세요. 저도 맹물은 아니에요. 그리고 싸우는 곳에는 가까이 가지도 않을 거예요.”

“네가 조심해도 놈들이 가만 안 놔둔단 말이다, 이 멍청아.”

“그럼 오빠가 보호해 주면 되죠, 뭐.”

“난 바빠서 안 돼.”

북궁천은 매몰차게 거절하고 엽청문을 바라보았다.

“어쩌자고 이 꼬마를 데려온 거요?”

엽청문은 쓴웃음을 지으며 간단하게 상황을 설명했다.

“황하를 건너는 배에 아가씨가 몰래 탔지 뭐요.”

“그럼 다시 돌려보냈어야죠.”

“아가씨 고집을 꺾을 수 있는 사람은 성주님밖에 없소.”

“아니, 그럼 여기에 계속 놔둘 거란 말이오?”

“아가씨 혼자 성을 빠져나온 게 아니고, 염 장로님께서 따라오셨소. 상황이 여의치 않으면 그분이 모시고 돌아갈 거요.”

북궁천은 눈을 두어 번 깜박이더니 이마를 좁혔다.

“염 장로? 그럼 장로나 되는 분이, 이 꼬마가 가잔다고 이런 살벌한 곳에 데려왔단 말이오?"

그 때 뒤쪽에서 칼칼한 목소리가 들렸다.

"오냐, 설아가 가자고 해서 왔다. 처음에는 숭산 구경 가자고 해서 그런 것으로만 알았지. 그런데 무슨 말을 들었는지 갑자기 만날 놈이 있다면서 철은보로 가자지 뭐냐. 그래서 어쩔 수 없이 여기까지 왔다. 왜, 불만이냐?"

북궁천의 눈이 목소리의 주인을 향해 돌아갔다.

백발백염에 깨끗한 백색 장포를 걸치고, 홍조를 띤 얼굴에 코끝이 유난히 붉은 노인이 다가오고 있었다.

북궁천은 그 노인을 보고 이채를 반짝였다.

'홍안백노(紅顏白老) 염구악?'

워낙 특이해서 북천에까지 소문난 노인이었다.

철혈검군의 둘도 없는 친구이며, 십여 년 전만 해도 철군성의 삼군 중 하나로 적에게 공포를 심어 주던 자.

당시는 홍안백노가 아니라 홍안백귀로 불렸는데, 사대원로 중 한 사람인 귀천도 악사종이 그를 잘 알았다.

겉보기로는 순해 보여도 성질 하나는 귀신도 질려서 도망갈 정도로 독하다고 했다.

북궁천이 보는 관점에서야 특별날 것도 없지만.

"큰일 날 노인네군. 이 꼬마가 만날 놈이 있다고 하면 어디든 상관없다는 거요? 그러다 다치면 노인네가 책임질 겁니까?"

염구악의 주름진 눈매가 꿈틀거렸다.

뭐 이런 놈이 다 있어? 그런 표정.

일단 두들겨 패고 봐?

성질 같아선 그러고 싶었다. 버릇없는 놈에게는 매가 약이니까.

하지만 공손설이 시간 날 때마다 말했던 놈 같아서 그럴 수도 없었다. 젊은 놈에게서 느껴지는 기세도 왠지 모르게 께름칙했고.

"네가 그것까지 걱정할 필요는 없다. 설아의 안전은 노부가 알아서 할 테니까."

"알아서 한다고요? 어떻게? 노인장이 천하제일고수라도 됩니까?"

염구악이 아무리 독하고 강하다 해도 천하제일고수와는 거리가 있었다.

그도 그 점은 인정했다.

그런데 북궁천의 말을 듣고 있으니 이상할 정도로 자존심이 상하고 속이 부글부글 끓었다.

눈을 치켜뜬 그는 북궁천을 노려보며 쏘아붙였다.

"노부가 언제 천하제일고수라고 했냐? 도대체 네가 뭔데 설아의 안전에 대해서 이러쿵저러쿵 하는 것이냐?"

"나 말이오? 나는 설아의 오빠요. 오빠가 동생의 안전에 대해서 관심을 가지는 것은 당연한 일 아니오?"

"나는 설아의 할아비다. 할아비가 걱정 말라는데 네가 왜……."

"할아비? 숙부 아닌가?"

북궁천이 고개를 갸웃거리자, 입에 거품을 물고 다그치던 염구악이 움찔하며 말을 수정했다.

"그, 그래, 맞다. 나는 설아의 숙부다. 어쨌든 설아의 안전은 내가 책임질 테니, 네놈은 신경……."

"공손 성주가 늦둥이를 낳아서 숙부도 다 노인네들만 있는 모양이군."

"뭐, 뭐야?"

염구악이 눈을 부라렸다.

하지만 북궁천은 그를 더 상대하지 않고 고개를 돌려 공손설에게 물었다.

"설아야, 조금 젊은 숙부는 안 계시냐?"

공손설은 웃음을 참느라 얼굴이 벌게져 있었다.

"계시긴 한데, 지금 인사드리러 가셨어요."

"그래? 노인네하고는 말이 안 통해. 아무래도 그분을 만나서 이야기해 봐야겠다."

그 때였다.

"이노오오옴!"

분노에 찬 외침이 객당 앞마당을 뒤흔들었다.

북궁천은 눈살을 찌푸리며 염구악을 돌아다보았다.

염구악의 백발이 바람도 없는데 하늘로 솟구쳐 있고, 치켜 뜬 눈에선 분노의 불길이 타오르고 있었다.

그래 봐야 북궁천은 눈 하나 깜짝하지 않았지만.

"기운 아끼시죠. 그러다 다치면 오래갑니다. 어떤 노인네는 뼈에 살짝 금이 갔는데, 그것 낫는 데만도 석 달이나 걸리더군요."

귀천도 악사종이 그랬다.

그런데 염구악의 귀에는 '당신 뼈 부러지면 낫는 데 석 달 이상 걸릴 거야.' 하는 말처럼 들렸다.

염구악의 홍조 띤 볼이 파르르 떨렸다.

"뭐라? 네놈이 감히 노부를 놀리다니! 내 설아에게 원망을 듣더라도……."

그 때 북궁천이 염구악을 향해 천천히 한 걸음 내디뎠다.

잔뜩 긴장해서 구경하던 사람들은 북궁천이 단지 한 걸음 옮기는 것을 봤을 뿐이었다.

하지만 염구악의 눈에는 북궁천의 몸이 찰나간에 열 배는 더 커진 것 같았다.

천장 절벽이 눈앞에서 머리 위로 무너지는 것 같은 압박감!

숨이 턱 막힌 그는 눈을 부릅뜨고 공력을 극성으로 끌어올렸다.

"끝까지 해 보시겠다면 마다하진 않겠습니다만, 어지간하면 그만두죠?"

나직이 입을 연 북궁천의 눈이 가늘어졌다.

동시에 염구악을 짓누르던 기운을 회수했다.

숨통이 트인 염구악도 끌어 올렸던 공력을 회수하고 아연한 표정으로 북궁천을 바라보았다.

정신이 혼란스러웠다. 조금 전의 느낌이 거짓말 같았다.

하지만 손안에 땀이 가득한 걸 보면 헛것을 본 것은 아니었다.

"그, 그게 뭐냐?"

"아직 이름은 없습니다. 얼마 전에 떠올라서 한번 해 봤을 뿐이죠."

마제일존보를 조금 보강한 것이라고나 할까?

한데도 염구악은 얼굴이 일그러졌다.

"이름이…… 없다고?"

"쓸 만해 보입니까?"

북궁천을 바라보는 염구악의 눈빛이 파르르 떨렸다.

단지 일보를 내디뎠을 뿐인데 간이 콩알만 해졌다. 한때 산서의 공포로 군림했던 홍안백노 염구악의 간이 말이다.

그런데 듣자 하니 그 무공을 북궁천이 만든 것 같지 않은가?

그는 북궁천과 다투고 싶은 마음이 구만 리 밖으로 달아났다.

공손설이 놀라운 사람이라며 침이 마르게 칭찬하는 걸 보고 코웃음 쳤거늘, 알고 보니 사람 같지도 않은 놈이었다.

"쓰, 쓸 만하군."

그는 가까스로 입을 열어 북궁천의 질문에 대답했다.

두 사람 사이의 긴장감이 풀어지자 공손설이 안도하며 가슴을 쓸어내렸다.

"휴우. 잘 참으셨어요, 숙부님. 숙부님과 오빠가 싸우시면 제 입장만 난처하잖아요."

그녀는 두 사람 사이에 무슨 일이 있었다는 걸 짐작했지만, 일단 염구악의 체면을 먼저 세워 주었다.

"험, 너 때문에 참은 것이니라."

머쓱해진 염구악은 헛기침을 하며 대답하고 북궁천과 눈을 마주치지 않았다.

'하마터면 체면이 땅바닥에 처박힐 뻔했군. 대체 저놈인 누군데……?'

그 때 철심전으로 인사를 나누러 갔던 철군성의 간부들이 돌아왔다.

그중에는 장대한 체구의 중년인, 철군성 고수들의 대표격인 패권 진왕리도 있었고 등경도 있었다.

북궁천을 알아본 등경은 싸늘한 눈빛을 빛내며 반가운 척했다.

"이게 누군가? 그러잖아도 자네에 대한 소문을 듣고 만나보고 싶었는데, 잘됐군."

북궁천은 별로 반갑지 않았다.

그가 본 등경은 양무겸만 못했다. 실력은 어떨지 몰라도 사람만큼은 양무겸이 훨씬 나아 보였다.

더구나 싸늘한 눈빛을 보니 그날의 일로 자신에게 안 좋은 감정을 가지고 있는 듯했다.

등경을 상대하고 싶지 않은 그는 그쯤에서 물러서기로 했다.

"일이 터지기 전에 내일이라도 숙부님하고 돌아가도록 해라. 알았지?"

공손설을 향해 짐짓 눈을 부라린 북궁천은 그녀가 말을 걸기 전에 고개를 돌려 등경에게 말했다.

"바빠서 그만 가 봐야겠소. 이야기는 다음에 나누도록 하지요."

등경은 그냥 보내 주고 싶은 마음이 없었다.

"잠깐이면 되네."

"혹시 전날의 일 때문에 그러는 거요? 그 일이라면 따질 것도 없을 텐데?"

"아끼던 수하가 손을 하나 쓸 수 없게 되었는데 어찌 못 본 척할 수 있겠나?"

"그거야 그쪽이 먼저 손을 쓰지 않았소?"

"그는 단지 시험을 해 보려 했을 뿐이었네."

등경이 끝까지 물고 늘어지자 북궁천의 눈빛이 무심하게

가라앉았다.

"나는 시험받는 걸 좋아하지 않소. 천하의 누구든, 나를 시험하려면 그만한 각오를 해야 할 거요."

"정말 오만한 친구군."

"오만이라…… 그래도 요즘은 많이 나아진 거요."

북궁천은 입가에 희미한 미소를 지으며 몸을 돌렸다.

등경은 그의 충고를 받아들이지 않았다. 오히려 북궁천이 몸을 돌리자 눈을 치켜떴다.

"지금 나를 무시하겠다는 건가? 좋아, 그럼 내가 직접 시험해 보지!"

그 때 염구악이 한마디 툭 던졌다.

"하지 마라."

멈칫한 등경이 염구악을 돌아다보았다.

"숙부님?"

"그는 오만할 자격이 있다. 그만하고 안으로 들어와라."

그제야 등경은 객당의 분위기가 조금 이상함을 느끼고 의아한 표정을 지었다.

"혹시 저 친구와 무슨 일이라도……?"

"들어오라니까!"

버럭 소리친 염구악은 등을 떠밀듯이 북궁천을 보냈다.

"어서 가 봐. 바쁘다며?"

북궁천은 조용히 미소를 지은 채 살짝 고개를 숙여 보이고 걸음을 옮겼다.

공손설이 그의 등에 대고 속삭였다.

"오빠, 이따가 찾아갈게요."

'오지 마!'

한편, 이정한은 한쪽에서 능소소를 만나고 있었다.

옆에서 북궁천과 염구악이 신경전을 벌일 때도 그는 잠깐 잠깐 고개만 돌렸을 뿐 능소소를 바라보느라 정신이 없었다.

등경과 시비가 벌어질 것 같은 상황에서도 그는 세상에 오직 둘만 있는 것처럼 그곳 일은 신경 쓰지 않았다.

어차피 그들은 대형을 어쩔 수 없으니까.

그리고 동호량이 가자고 세 번이나 부른 후에야 진한 아쉬움을 가슴에 담고 그녀와 헤어졌다.

"그럼 나중에 또 찾아뵙겠습니다, 능 소저."

능소소도 미소를 지으며 그를 보냈다.

"그래요. 이곳에 있으면 또 만날 수 있겠죠."

무공을 익히고 임무를 수행하느라 서른 살이 되도록 마음 줄 남자를 만나지 못한 그녀였다.

성에서 만난 남자들에게선 동료, 그 이상의 의미를 느껴본 적이 없었다.

그런데 어느 날 갑자기, 강호의 무사답지 않게 순진한 이정한이 그녀에게 특별한 느낌으로 다가왔다.

이정한이라면 삭막함 속에서 살아온 자신을 보듬어 줄 수 있을지도……

난생 처음 느껴 보는 열기가 그녀의 가슴 깊은 곳에서 피어났다.

'누군가와 함께 살아 보는 것도 괜찮을 것 같아.'

이정한의 등을 바라보는 그녀의 눈에 열기가 떠오르는데, 곁으로 다가온 엽청문이 농담조로 말했다.

"소매, 저 친구가 소매를 정말 좋아하는 것 같은데? 잘 한 번 해 봐."

능소소가 피식 웃으며 그를 바라보았다.

"그래 볼까 생각 중이에요. 왜 그런 눈으로 봐요? 그러면 안 돼요?"

"응? 아니, 안 된다는 건 아니고……."

그제야 엽청문은 능소소의 마음을 확실히 알고 놀란 표정을 지었다.

철군성의 빙화, 백화선자가 사랑에 빠진 건가?

*　　　*　　　*

천사교도들이 상주 은사장에서 쏟아져 나온 것은 사시 말이었다.

나무를 깎아 만든 것처럼 무표정한 얼굴, 칙칙한 검은 무복. 천사교도들의 이동은 괴기하게 느껴질 정도로 조용했다.

호연유는 지붕이 달린 사인교를 타고서 흑염소를 모는 목동처럼 그들의 뒤를 따라갔다.

호연도광은 호연유가 일천 교도와 함께 떠났다는 보고를 받고 미소를 지었다.

"구양환이 다급해졌군."

그의 옆에 공손히 서 있던 홍의중년인이 얇은 입술을 비틀어 조소를 지었다.

쥐처럼 작은 눈에 매부리코. 실처럼 얇은 입술 밑으로는 염소수염이 달려 있는 자. 그는 천사지존을 좌우에서 보좌하는 쌍뇌 중 하나, 혈뇌(血腦) 사야승이었다.

"그동안 삼성궁을 지배해 오던 검신가의 위신이 땅에 떨어졌으니 정신이 없을 것입니다."

"사야승, 네가 역천군을 데리고 가서 유아를 돕도록 해라. 구양환은 유아의 움직임만 주시하고 있을 게야. 그러니 동북쪽으로 돌아간 후 유아와 연락하면서 때를 기다려라."

사야승의 쥐눈이 살기로 번들거렸다.

"지존의 천명을 받드옵니다."

"후후후, 유아에게 서두르지 말라고 해. 정파 놈들은 말로만 정의를 떠들 뿐 위선으로 가득 찬 놈들이 대부분이다. 구양환이 흔들린 상태라면 놈들의 중심부에 균열이 생길 것이다. 그때 가서 천천히 무너뜨려도 늦지 않아."

"알겠사옵니다."

"천천히, 아주 철저히 무너뜨려서 본좌의 발아래에 엎드리게 만들 것이다. 후후후후!"

*　　　*　　　*

날씨가 우중충하다 싶더니, 정오가 지나자 비와 눈이 섞여서 내렸다.

선우중을 감시하던 이조량과 초강이 이정환, 동호량과 교대할 무렵, 전령 하나가 거친 숨을 몰아쉬며 철은보로 들어섰다.

전령은 곧장 연무장을 가로질러서 구양영의 거처로 달려갔다.

전령의 보고를 받은 구양영은 입꼬리를 말아 올렸다.

'드디어 움직였군.'

방을 나선 그는 즉시 구양환을 찾아갔다.

"형님, 상주에 있는 놈들이 움직였다고 합니다. 대충 봐도 팔구백은 된다고 합니다."

구양환은 구양영의 보고를 받고 반색했다.

"이동로는?"

"단풍으로 곧장 오는 것 같습니다."

"그래? 단풍에는 언제쯤 도착할 것 같으냐?"

"이동 속도가 빠르지 않으니 내일 오전쯤 도착할 것으로 보입니다."

"좋아, 가서 군웅들을 철심전으로 불러들여라."

이각 후.

군웅들은 날씨만큼이나 복잡한 마음을 안고서 철심전에 모여들었다.

"상주에 있는 놈들이 움직였다는 소식이오. 숫자는 일천 정도. 이대로 이동하면 내일쯤 단풍에 도착할 것 같소이다."

철심전을 가득 메운 군웅들은 굳은 표정으로 구양환을 바라보았다.

아직 겨울이 다 지나가지도 않았는데 천사교가 움직이다 니.

"궁주께선 어떻게 하실 생각이오?"

먼저 남궁원이 입을 열었다.

구양환은 기다렸다는 듯 단호한 어조로 답했다.

"우리가 이곳에 있는 목적은 천사교를 무찌르기 위해서요. 놈들이 온다면 당연히 싸워야 하지 않겠소?"

천사교와 싸운다는 것에는 누구도 반대하지 않았다.

겨울이 지나갈 때까지 움직이지 않을 거라던 예상이 빗나 가긴 했지만 그들은 어차피 물리쳐야 할 적이 아니던가.

문제는 날씨였다.

비와 눈이 섞여 내리고 땅이 진창으로 변해 있었다. 밤이 되면 얼어붙을 터. 군막을 친다 해도 어려운 점은 한두 가지가 아니었다.

관호명이 그 점을 지적했다.

“궁주, 비와 눈이 내려서 먼 거리를 이동하기가 쉽지 않소이다. 이런 날씨에 장거리를 이동하면 싸우기도 전에 지칠 것이오.”

군웅들 중 상당수가 고개를 끄덕였다.

특히 천사교와 싸워 본 사람들은 그들이 만만한 상대가 아니라는 걸 잘 알기에 지친 몸으로 싸우고 싶지 않았다.

구양환은 자신의 주장을 굽히지 않았다.

“관 형의 말을 모르는 바는 아니지만, 날씨가 이렇다고 해서 놈들이 오고 있는데 보고만 있을 수도 없지 않소?”

구양영이 그의 말에 힘을 실어 주었다.

“단풍은 상주와 상남의 중간 지점인 만큼 놈들이 순순히 장악하게 놔두어선 안 됩니다. 영진에 무사들을 파견해서 놈들이 더 내려오지 못하게 막는 것이 어떻겠습니까? 놈들도 전력이 비슷하면 당장 싸움을 걸어오진 못할 테니, 적당히 견제하면서 놈들을 감시하다가 기회가 생기면 놈들을 공격하도록 하지요.”

그 말에는 아무도 반대하지 않았다.

단풍은 현재 천사교와 연합 세력 간의 완충지대였다.

어느 쪽도 그곳에 대규모 무사를 파견하지 못했다. 단풍은 포위 공격에 취약한 곳이어서, 전력이 월등하거나 사방 일대를 모두 장악하지 못한 상태면 상대의 공격에 큰 피해를 입을 수밖에 없는 것이다.

그 바람에 천사교는 단풍에서 서북쪽 사오십 리 떨어진 교천에, 연합 세력은 동쪽의 영진에 감시대를 보내서 서로를 감시하고 있는 상태였다.

상대와 비슷한 전력으로 영진에 진을 치고 있으면 저들도 단풍에 함부로 들어오지 못할 터. 현재로선 그 방법이 최선으로 보였다.

북궁천은 철심전에서 돌아온 천광호에게 천사교의 준동 소식을 듣고 눈빛이 무저갱처럼 깊어졌다.

천사교가 전력에서 압도적인 우위에 있다면 몰라도 그들 역시 한겨울의 싸움은 바라지 않을 것이다.

오히려 연합 세력이 섬서의 정파와 손잡고 공격할 것을 걱정하고 있어야 정상이다.

그런데도 겨울이 가기도 전에 먼저 움직이다니.

왜 천사교가 지금 움직였을까? 정말 연합 세력을 공격하기 위해서 움직인 걸까?

저들의 숫자는 팔구백 명 정도, 많으면 일천이라 했다. 그 정도 전력으로는 연합 세력을 이길 수 없다는 걸 모르진 않을 터.

뭔지 몰라도 구린 냄새가 났다.

'천사지존이나 소존은 천하를 농락할 만한 머리를 지닌 자들이다. 그런 자들이 대규모 무사를 목적 없이 움직이진 않았을 거다. 분명 뭔가가 있어.'

어쩌면 자신이 과민 반응을 보이는 것일지도 몰랐다.

천사교와의 전쟁은 끝난 것이 아니다. 한겨울 동안 한시적으로 멈춘 것일 뿐.

더구나 상대는 상식이 통하지 않는 마인들이다. 한동안 조용했던 걸 생각하면 움직일 때가 되긴 했다.

다만 의문인 것은 천사교의 이동 시기가 묘하다는 점이었다.

만약 저들이 특별한 목적을 가지고 움직인 것이라면?

'곧 뭔가 충격적인 일이 벌어지겠지.'

신시 초. 연합 세력의 무사 팔백여 명이 대연무장에 모여들었다. 다행히 눈과 섞여 내리던 비는 멎은 상태였다.

북궁천은 한쪽에서 그 모습을 지켜보며 곤혹스런 표정을 지었다.

팔백 무사가 영진에 진을 치고서 천사교와 대치하기로 결정 난 상황.

연합 세력의 내로라하는 고수들 대부분이 출동하는 판이었다.

백리진과 임강령은 물론이고, 천무회의 사공강후와 관호명도 포함되었다. 무림맹의 남궁원과 공한 대사도 가는 듯했다.

음마를 조사하기로 한 조사대 대부분이 나선 것이다.

그런데 뒤처리 전담반인 회룡당은 이번 임무에서 제외되었다.

싸움이 벌어지지도 않았으니 당연한 일이긴 한데, 북궁천은 그 점이 왠지 마음에 걸렸다.

구양환이 무슨 이유를 대서라도 자신을 선발진에 포함시킬 줄 알았거늘, 제외된 것을 알면서도 말 한마디 없는 것이다.

물론 싫지 않았다. 오히려 구양환이 고마웠다.

'잘됐지 뭐. 려려만 놔두고 떠나기도 찜찜했는데.'

편하게 생각한 북궁천은 차가운 매의 눈으로 신도가의 무사들을 둘러보았다.

선우중의 모습은 어디에서도 보이지 않았다.

이번 출동에서 빠졌다는 말.

구양환을 비롯한 삼성궁의 세 가주가 모두 남았으니 그가 남은 것을 이상하게 생각할 이유는 없었다.

그가 음마만 아니었다면 말이다.

‘흥, 네놈 뜻대로 되지는 않을 거다.’

북궁천의 입술이 보일 듯 말 듯 비틀렸다.

*   *   *

팔백여 명이 한꺼번에 빠져나가자 철은보 전체가 한산해졌다.

게다가 날씨도 눈비가 오락가락해서 경비무사를 제외하고는 돌아다니는 사람도 많지 않았다.

북궁천도 밖으로 나가지 않고 자신의 방 안에서 운공조식을 하며 시간을 보냈다.

마음 같아서는 헌원려려를 찾아가 종일 죽치고 싶은데, 구양환이 남겨 놓은 시선이 자신에게서 떨어질 줄 몰랐다.

‘남겨 놓긴 해도 믿을 순 없다는 말인가? 삼성궁의 궁주라는 사람이 속은 더럽게 좁군.’

이제 사흘 남았다. 사흘만 조용히 지나가면 떠날 수 있다.

그 안에 선우중을 잡아서 음마 문제를 확실히 정리하면 구양환도 뭐라고 하지 못할 것이다.

‘선우중의 인내심이 어느 정도인지 모르겠군. 오늘을 넘길 수 있으려나?’

북궁천이 선우중의 얍삽한 얼굴을 떠올리며 조소를 짓고 있는데 밖에서 두런거리는 소리가 들렸다. 그리고 곧 이조량이 방 안에 대고 말했다.

"대형, 천기룡이라는 분이 찾아오셨습니다."

천기룡?

북궁천은 그 이름을 바로 기억에서 떠올렸다.

천기룡은 비룡가 가주인 천군호의 장자로, 천광호가 그나마 괜찮은 놈이라고 평하는 몇 안 되는 사람 중 하나였다.

"안으로 모셔라."

문이 열리고 이십 대 중반의 청년이 방 안으로 들어왔다.

숯처럼 짙은 눈썹, 구레나룻이 턱을 덮어서 강인함이 절로 느껴지는 인상.

그가 바로 삼성궁에서 구양우경과 쌍벽을 이룬다는 기재, 운룡공자(雲龍公子) 천기룡이었다.

그는 여전히 의자에 앉아 있는 북궁천의 일 장 앞까지 다가간 다음 포권을 취했다.

"천기룡이오. 단 형에 대해서 말씀은 많이 들었소."

"그리 앉으쇼."

천기룡은 기광이 일렁이는 눈으로 북궁천을 바라보았다.

비룡가의 대를 이을 자신의 인사를 받는 둥 마는 둥 하고 눈짓으로 자리를 가리킨다.

어떻게 생각하면 오만하고 건방지게 보이는 태도가 아닐 수 없었다.

하지만 그는 별반 표정 변화 없이 자리에 앉았다.

상대는 구양우경을 단숨에 불구로 만든 사람. 검왕과 고검조차 인정한 절대고수인 것이다.

"차가 식었으니 이해하시오."

북궁천은 천기룡의 앞으로 찻잔을 하나 밀어 놓고 차를 따랐다. 그리고 자신의 잔에도 채운 다음 담담한 말투로 물었다.

"궁의 높은 양반들은 나를 좋아하지 않을 텐데, 무슨 일로 찾아온 거요?"

천사교의 암계에서 연합 세력을 구해 낸 사람도 그였고, 구양우경이 음마라는 것을 밝혀낸 사람도 그였다.

삼성궁의 체면을 하늘까지 들어 올렸다가 땅바닥에 처박은 장본인이 바로 북궁천인 것이다. 삼성궁으로선 이를 가는 사람들이 많을 수밖에.

그러나 천기룡은 조금도 싫어하는 기색이 없었다.

"잘못을 했으면 벌을 받는 것이 당연한 일. 그에 대해선 조금도 서운하게 생각하지 않소."

'그러겠지. 그 일에 비룡가도 개입했으니까.'

"나는 단지 남자로서 단 형을 직접 만나 보고 싶어서 찾아 왔을 뿐이오."

북궁천은 좀 더 구체적인 평가를 듣고 싶었다.

"내가 한 일이 협의에 어긋난다고 보시오?"

천기룡은 단호한 어조로 대답했다.

"아니오. 의협지사라면 당연히 할 일을 했소. 누가 감히 단 형의 행동을 나무랄 수 있단 말이오?"

의협지사!

북궁천은 그 한마디에 기분이 좋아졌다.

려려도 천기룡의 말을 들었어야 하는데…….

'괜찮은 사람이군. 삼성궁의 청년 중에선 제일 나아 보여.'

기분이 좋아진 그는 입가에 미소를 띠고 은밀한 목소리로 물었다.

"만약 그런 음마가 또 있다면 어떻게 하겠소?"

"그야 당연히 잡아서 참형에 처해야지요."

"당주는 자신과 가까운 사람이라 해도 패 죽여야 한다고 하시던데, 천 형의 생각은 어떻소?"

천기룡은 북궁천의 질문에 묘한 뜻이 담겨 있다는 것을 느끼고 굳은 표정으로 대답했다.

"죄를 지은 게 확실하다면 그에 합당한 벌을 받아야 할 거요. 그게 누구든."

북궁천은 무심하게 가라앉은 눈빛으로 천기룡을 직시한 채 담담히 말했다.

"지금하신 그 말, 잊지 마시오."

천기룡은 자신도 모르게 등골이 오싹했다.

뛰어난 사람이라는 말을 몇 번이나 들은 터라 나름대로 각오를 다지고 왔다.

그런데도 눈빛이 마주친 순간 부동심이 무너져 버린다.

'믿어지지 않는군. 천하에 이런 자가 있다니.'

하남강호의 청년 중 자신의 위에 둔 사람은 사공강후밖에 없었다. 구양우경도 평수로 생각했을 뿐.

하지만 직접 만나 본 단화린은 그에게 천외천이 있음을 알려 주고 있었다.

숨을 깊이 들이쉰 그는 북궁천을 똑바로 쳐다보았다.

"단 형에 대해서 좀 더 알고 싶소. 말해 주실 수 있겠소?"

"모르는 게 좋소. 그냥 회룡당 이대의 대원으로만 아시오."

그 때였다.

밖에서 두런거리는 소리가 들렸다.

목소리를 들은 북궁천의 표정이 묘하게 일그러질 즈음, 방문이 반쯤 열리고 공손설이 고개를 들이밀었다.

방 안을 둘러본 그녀는 북궁천을 보더니 환하게 웃었다.

"손님이 계셨네요? 들어가도 돼요?"

북궁천이 툭 쏘아붙였다.

"뭐하러 왔냐?"

"심심해서 오빠하고 놀려고 왔어요. 들어가도 괜찮죠?"

"이미 들어와 놓고 묻긴 왜 물어?"

공손설은 배시시 웃으며 방문을 닫았다.

북궁천의 말대로 그녀는 말을 하는 사이 이미 방 안에 두 발을 다 들여놓은 상태였다.

웃는 얼굴로 아랫입술을 깨문 그녀는 깡충거리며 북궁천 앞까지 다가왔다.

그녀는 고개를 쑥 내밀고 천기룡을 향해 미소를 지으며 인사했다.

"안녕하세요, 저는 공손설이라고 해요. 오빠 친구세요?"

그녀를 본 순간부터 석상이 되어 있던 천기룡은 화들짝 놀라서 벌떡 일어나 예를 취했다.

"천기룡입니다. 철군성의 공손 소저를 여기서 뵙게 되다니, 영광입니다!"

"꼬마 계집애를 만난 것 가지고 무슨 영광까지나……."

중얼거리며 혼잣말처럼 투덜거린 북궁천은 공손설을 째려보았다.

"너 정말 안 갈 거냐? 곧 싸움이 벌어질지 모르는데 언제까지 여기에 있을 거야?"

"피이, 오빠는 걱정 마세요. 저 지켜 줄 분들 많으니까."

"뭐? 지켜 줄 사람이 많아? 너 하나 지켜 주려다 다른 사람들 구하지 못하면. 그로 인해서 죽어 간 사람들 목숨을 네가 책임질 수 있어?"

북궁천은 오냐 잘됐다는 듯 공손설을 몰아붙였다.

찔끔한 공손설은 시무룩한 표정을 지으며 입술을 삐죽였다.

"그건 생각 못 했어요."

"여긴 전쟁터다. 네 놀이터가 아니야. 너 때문에 사람들이 죽으면, 그 사람들 가족에게 뭐라고 할 거냐? 네 목숨만 특별하고, 그 사람들 목숨은 가치가 없다고 생각하는 거냐? 정말 그렇게 생각하는 건 아니겠지?"

공손설은 고개를 숙이고 손가락을 만지작거렸다.

그녀를 다그치던 북궁천은 그 모습을 보고 목소리를 누그러뜨렸다.

"그렇게 되는 걸 원치 않으면 빨리 돌아가. 다른 사람에게 피해 끼치지 말고."

그런데 공손설이 어깨를 들썩였다.

"미안해요. 저는 그냥 오빠가 보고 싶어서 왔을 뿐이에요. 저 때문에 그런 일이 생기는 건 저도 싫어요."

울먹거리는 그녀를 보고 북궁천은 묘한 기분이 들었다.

그 때 고개를 숙인 공손설의 눈에서 이슬이 툭 떨어졌다.

눈이 휘둥그레진 북궁천이 그녀를 빤히 쳐다보며 물었다.

"너, 우냐?"

"안 울어요."

"그런데 왜 눈물이 떨어져?"

"이건 눈물이 아니라 제 마음이에요. 제 마음이 바닥에 떨어져서 부서지는 거예요."

"아, 그 자식. 말 한번 어렵게 하네. 눈물이면 그냥 눈물이지, 뭔 마음이 어쩌고저쩌고……"

“미안해요, 제가 원래 눈물이 좀 많아요.”

북궁천은 그녀의 눈물을 닦아 주기 위해서 품속에 뭐가 없나 찾아봤다. 그런데 천으로 된 것은 돈주머니밖에 없었다.

그는 은자와 금자를 탁자 위에 쏟아 내고 그녀에게 내밀었다.

“닦아.”

공손설의 눈물을 보고 자신도 모르게 가슴이 먹먹해졌던 천기룡은 황당한 표정을 지었다.

슬쩍 북궁천을 살펴보던 공손설도 돈을 돌처럼 쏟아 내고서 빈주머니를 내미는 그를 보고 어이가 없었다.

“그냥 소매로 닦아도 돼요.”

“코도 풀어야지. 콧물이 금방 떨어질 것 같다. 빨리 받아.”

언제 울었냐는 듯 공손설은 북궁천을 째려보았다. 다른 사람이 있는 곳에서 여자에게 콧물 운운하다니.

‘으이그, 저런 오빠를 좋아하는 내가 미쳤지.’

그녀는 주머니를 홱 낚아채더니 두어 번 눈물을 찍어 내고 팽, 코를 풀었다.

그리고 콧물이 가득 묻은 주머니를 북궁천에게 내밀었다.

북궁천은 두 손가락으로 주머니를 받았다.

“제길, 하필 입구에 몽땅 묻어서 집어넣기도 애매하네.”

쓱쓱, 소매로 나머지 눈물을 닦아 낸 공손설이 그를 보며 말했다.

"내일 갈 거예요. 그러니까 제 걱정은 마세요. 대신 오빠가 석 달 내로 철군성에 들러야 돼요. 만약 안 찾아오면 제가 방방곡곡에 소문내면서 찾아 나설 거예요."

"뭔 소문을 내?"

"여자와 약속도 안 지키는 어떤 사람에 대한 소문이죠. 신의는 길거리 개똥처럼 생각하고, 의협심은 눈곱만큼도 없고……."

북궁천이 재빨리 손을 들어서 그녀의 말을 막았다.

"석 달이라고 했지? 알았다. 가지, 뭐."

공손설은 언제 그랬냐는 듯 빙그레 웃음을 지었다.

"그럼 가 볼게요. 이야기 많이 나누세요."

멍하니 그녀를 바라보던 천기룡이 앞으로 나섰다.

"저, 제가 모셔다 드리겠습니다, 소저."

북궁천이 척 손을 들어서 그를 막았다.

"소저는 무슨? 천 형은 앉아 보쇼. 할 이야기가 있으니까."

"예?"

북궁천은 의아해하는 천기룡을 보지도 않고 이조량을 불렀다.

"조량."

"예, 대형."

"네가 설아 좀 데려다 주고 와라."

공손설은 가벼운 걸음걸이로 방을 나섰다.

천사교가 내려오고 있다는 말에 그녀도 내일쯤 떠나려 했다. 그래서 북궁천을 찾아왔다. 철군성에 온다는 약조를 받기 위해서.

그런데 눈물 몇 방울에 목적을 완수했으니 기분 좋게 떠날 수 있을 것 같았다.

'겉보기보다 순진한 오빠라니까. 여자의 눈물을 곧이곧대로 믿다니.'

북궁천은 그녀의 가벼운 걸음걸이를 보고 왠지 속은 기분이 들었다.

정확히 뭘 속았는지는 모르겠지만.

'저 여우같은 게 분명 목적이 있어서 온 것 같은데, 왜 순순히 나가지?'

그 때 천기룡이 그에게 물었다.

"하실 말씀이 뭐요, 단 형?"

북궁천은 의문을 접고 그에게 말했다.

"오늘이든 내일이든, 언제든 내가 도움을 청할지 모르오. 그때 나를 좀 도와주었으면 좋겠소. 원래 사공 형이 도와주기로 했는데 영진으로 가서 힘들 것 같소."

"무슨 일인데……?"

"힘든 일은 아니오. 옆에서 확인만 해 주면 되는 일이니까."

第五章
단화린의 정체는……

어둠이 깔리고 밤이 깊어 갈 즈음, 선우중은 초조함을 억누르기 위해 숨을 깊게 놀아쉬었다.

한때의 불장난이 이렇게 발전할 줄은 자신도 생각을 못했다.

한 번만 더, 한 번만 더 했던 것이 어느새 자신의 목을 옥죄는 칼이 되어 있었다.

'빌어먹을. 호 형만 만나지 않았어도……'

장안의 기루에서 만난 호유는 신비한 사람이었다. 무공도 강하고 돈도 많고 말솜씨마저 좋았다.

그는 세상에 어려운 것이 없는 듯 어떤 일이든 쉽게 처리했다. 아무리 아름다운 여인도 그에게는 꼼짝을 못 했다.

게다가 상대를 배려할 줄 알아서 그는 혼자서만 여인을 탐하지 않았다.

남자라면 누구라도 호감을 가질 수밖에 없는 사람. 그게 호유였다.

그런데 어느 날, 그가 뜻밖의 제안을 했다.

세상에 알려지지 않은 약이 있는데, 그 약을 복용하면 밤 새도록 여인을 탐해도 기가 쇠하지 않는다고 했다. 부작용도 일체 없고.

그는 호유를 믿고 그 약을 복용해 보았다.

사실이었다. 그날 밤 그는 상대 여인을 실신지경까지 몰아 넣고 정복자의 기쁨을 느꼈다.

그리고 그때부터 호유가 친 그물에 갇혀서 빠져나올 수가 없었다.

구양우경을 그에게 소개시킨 것도 그즈음이었고, 자극적인 놀이를 시작한 것도 그때부터였다.

구양우경의 몰락을 접한 후에야 자신이 수년간 미쳐 있었 다는 사실을 깨달았지만, 이미 자신은 썩은 새끼줄을 잡고서 낭떠러지에 매달려 있는 신세였다.

자신을 뒤돌아본 후 처음 느낀 감정은 절망이었다. 그리고 회한이 밀려들었다.

그는 부친이 철은보에 가자고 했을 때도 몇 번이나 망설였다.

구양우경이 실성해서 제정신이 아니라 했다. 자신을 보면 엉뚱한 소리를 할지 몰랐다.

하지만 그는 고심 끝에 결국 부친을 따라왔다. 이유는 하나였다.

그는 이대로 죽고 싶지 않았다.

뭔가 방법을 찾아야 했다.

살 수만 있다면 무슨 짓인들 못 하랴!

'그의 입을 막아야 돼. 무슨 수를 쓰더라도!'

이를 악문 그의 두 눈에서 스산한 살기가 일렁거렸다.

천사교와 싸우기 위해 팔백이 넘는 무사가 출동했다.

그들이 돌아오면 움직이기가 그만큼 힘들어질 터. 더구나 날씨가 오락가락해서 돌아다니는 사람도 많지 않았다.

기회는 지금밖에 없었다.

'좋아, 오늘 처리하자.'

결심을 굳힌 그는 주먹을 움켜쥐고 자리에서 일어났다.

어둠이 짙어지는 시각. 밖으로 나가자 바람이 세차게 불어댔다.

조금씩 날리는 눈이 얼굴을 때렸다.

그래도 겨울이 얼마 남지 않아서인지 뼛속까지 파고들던 냉기는 많이 누그러져 있었다.

거처를 나선 그는 구양우경의 거처를 향해 자연스럽게 걸어갔다.

장원 전체가 한산하게 느껴질 정도였다.

지나다니던 사람 중 누가 그를 알아보고 인사를 건네면, 그는 건성으로 인사를 받으면서도 웃음 짓는 것을 잊지 않았다.

별원 앞에 도착한 선우중은 슬쩍 안쪽을 살펴보았다.

화톳불이 타오르는 주위로 경비무사들이 오가고 있었다.

모두 셋. 복장을 보니 삼성궁의 무사들이었다. 구양우경의 방에서 신음과 중얼거리는 소리가 흘러나오는데도 그들은 일절 신경 쓰지 않았다.

재빨리 주위를 둘러본 그는 담을 타고 빙 돌아서 건물의 뒤쪽으로 갔다.

건물 뒤쪽은 아예 사람의 그림자도 보이지 않았다.

그래도 혹시 모르는 일. 속으로 셋을 세며 주위를 관찰한 그는 재빨리 담을 넘었다.

담을 넘자마자 한 걸음에 이 장을 움직인 그는 훌쩍 몸을 날려서 건물의 처마 밑에 달라붙었다.

귀를 기울이자 방 안에서 나직하게 낄낄거리는 웃음이 흘러나왔다.

하지만 그도 잠시, 웃음은 곧 겁에 질린 목소리로 변했다. 그리고 뒤이어서 흐느끼는 소리가 들렸다.

'정말로 미쳤군.'

선우중은 주위를 다시 한 번 둘러본 다음, 창문에 구멍을 내고 안을 살펴보았다.

등잔불빛이 희미한 방 안에 구양우경이 죽은 듯 누워 있었다. 웃고 울다 지쳤는지 거친 숨소리만 들렸다.

그는 창문을 잡고 살짝 당겨 보았다.

안에서 고리를 안 채운 듯 창문이 순순히 들렸다.

'다행이군.'

소리 나지 않게 반쯤 창문을 들어 올린 그는 빨려 들어가듯이 방 안으로 들어갔다.

벽에 달라붙은 선우중은 조심스럽게 창문을 닫았다.

그 때 구양우경이 그를 향해 고개를 돌렸다.

"킬킬킬, 왔구나. 나 좀 구해 줘라. 우리 놀러 가야지? 응? 크흑흑흑흑, 그런데 다리가 왜 안 움직이지? 그 사식, 그놈이 부쉈어. 으으으으, 요, 용서해 줘. 다시는 안 그럴 게. 흑흑흑, 그냥 장난으로 해 본 거야. 살려 줘."

자신을 알아본 줄 알고 깜짝 놀랐던 선우중은 가슴을 쓸어내렸다.

'후우, 제대로 미쳤군.'

그는 걸음을 옮겨서 구양우경에게 다가갔다.

구양우경은 여전히 울면서 겁에 질린 표정으로 웅얼거리고 있었다.

침상 앞에 선 선우중은 구양우경을 똑바로 바라보며 나직이 입을 열었다.

"우경 형, 절 알아보시겠습니까?"

구양우경은 눈을 두어 번 깜박이더니 갑자기 주위를 둘러보았다.

"단화린, 내가 잘못했다. 다시는 안 할게. 흑흑흑, 그런데 서문려려는 어디 갔지?"

자신을 알아보지 못하는 게 분명하다.

선우중은 그래서 더 불안했다. 언제 저 입에서 자신에 대한 말이 나올지 모르는 것이다.

그는 더 망설이지 않고 품속에서 작은 옥병을 하나 꺼냈다.

"우경 형을 위해서 좋은 약을 가져왔습니다."

순간, 구양우경이 눈을 부릅뜨고 악을 썼다.

"네가 그 계집을 뺏으려고? 안 돼, 그 계집은 내 거야. 누구도 못 뺏어 가!"

선우중은 다급히 그의 아혈을 점했다.

"쉿! 뺏어 가지 않을 테니 조용히 하십시오."

그러고는 옥병의 마개를 열고 구양우경의 입에 가져다 댔다.

양쪽 어깨의 힘줄이 다 찢어졌기 때문인지 어깨를 들썩이긴 해도 손을 들어 막진 못했다.

선우중은 빙그레 웃으며 옥병을 기울였다.

"이걸 마시고 한숨 푹 자면 다 나아 있을 겁니다."

옥병에서 하얀 액체가 흘러나와 구양우경의 입안으로 방울방울 떨어졌다.

그 때였다.

쾅!

방문이 부서질 것처럼 세차게 열리더니 황보청과 종리기진이 들어왔다.

"멈춰!"

대경한 선우중은 홱 고개를 돌려 방문을 바라보고는 급히 옥병을 회수하려 했다. 그런데 그가 고개를 돌린 사이, 구양우경이 갑자기 입을 벌리고 그의 손을 물었다.

선우중은 반사적으로 손을 뺐다.

그러나 손은 겨우 빼냈지만 옥병은 구양우싱의 이에 걸려서 이불 위에 떨어졌다.

당황한 선우중이 옥병을 회수하기 위해 손을 뻗은 순간, 황보청과 종리기진이 그를 향해 달려들었다.

"놓고 물러서!"

일갈을 내지른 황보청이 선우중을 향해 손을 뻗었다.

그보다 먼저 종리기진의 벼락같은 쾌검이 선우중의 턱으로 날아들었다.

등골이 오싹해진 선우중은 옥병을 잡지 못하고 급히 몸을 뒤로 젖혔다.

동시에 황보청의 공세가 그를 압박했다.

두 사람은 북궁천의 가르침을 받아서 전에 비해 월등히 강해진 상태였다.

구양우경이 온전하다 해도 두 사람을 이기려면 곤욕을 치러야 할 정도.

하물며 선우중의 실력으로는 두 사람의 협공을 막아 내기에 역부족이었다.

황보청의 공격을 가까스로 피한 그가 창문 쪽으로 물러난 순간, 종리기진의 섬전 같은 일검이 선우중의 목을 향해 날아들었다.

선우중은 눈앞에서 시퍼런 검기가 번쩍이자 안색이 창백해졌다.

“움직이지 마!”

종리기진이 그의 목에 검을 들이대고 싸늘히 소리쳤다.

눈을 부릅뜬 선우중은 당황한 표정으로 두 사람을 번갈아 보았다.

“왜, 왜 이러는 거요?”

황보청이 이불 위의 옥병을 회수하고 선우중을 노려보았다.

“몰라서 묻나? 이건 뭐지?”

“그, 그건 약이오. 구양 형에게 도움이 될까 해서 가져온 것이오.”

“흥, 약인지 독인지 확인해 보면 알겠지. 그런데 왜 창문으로 몰래 들어와서 먹인 거지?”

선우중은 시간이 흐르면서 마음이 조금씩 안정되자 빠르게 머리를 굴렸다.

“누가 몰래 들어왔단 말이오? 경비무사들이 보지 못했을 뿐, 나는 방문을 통해서 들어 왔소.”

“밖에 있는 사람들이 전부 봉사인 줄 아나 보군.”

“나는 거짓말을 하지 않았소. 그런데 당신들이 왜 나를 핍박하는 거요? 내가 신도가의 아들이란 걸 몰라서 그런 것은 아닐 테고. 나중에 후회하지 말고 이 검을 치우시오.”

선우중은 천천히 손을 들어서 종리기진의 검을 밀치려 했다.

“움직이면 후회할 거다.”

냉랭히 말한 종리기진이 그의 목에 바짝 닿은 검을 밀었다.

예리한 검첨이 살을 파고들자 선우중의 몸이 굳었다.

“형님, 그냥 죽여 놓고 조사하는 게 어떻겠습니까? 아니면 구양우경처럼 병신으로 만들고 보죠.”

“저항하면 그렇게 해.”

종리기진과 황보청의 말에 선우중의 눈빛이 흔들렸다.

그 때 황보청이 그에게 다가가더니 마혈을 향해 손을 뻗었다.

선우중은 몸을 틀어서 황보청의 공세를 피했다.

"흥, 어딜!"

종리기진의 검이 그림자처럼 따라가며 그의 어깨를 훑었다.

선우중은 부상을 무릅쓰고 바닥을 밀면서 포위망을 빠져나왔다.

찢겨져 나간 어깨의 옷자락 사이로 피가 배어 나왔다. 팔이 떨어져 나간 듯 고통이 밀려들었다.

하지만 그는 방문이 지옥에서 빠져나가는 관문이라도 되는 듯 전력을 다해서 몸을 날렸다.

황보청은 그걸 보면서도 서두르기는커녕 조소를 지었다.

"고생문을 찾아가는군."

선우중이 막 방문을 통과할 때였다.

쾅!

"크억!"

일성 굉음과 함께 선우중의 몸이 안쪽으로 날아들며 나뒹굴었다.

버둥거리며 몸을 일으키려던 그는 피를 한 움큼 토하며 다시 꼬꾸라졌다.

그 때 북궁천이 유원당과 천기룡을 대동하고 방 안으로 들어섰다.

선우중은 덜덜 떨면서 고개를 쳐들었다.

가운데 선 키가 큰 자는 전날 얼핏 본 단화린이라는 자였다. 구양우경을 불구로 만들었다는 자.

그리고 그의 우측에는 유원당이, 좌측에는 비룡가의 천기룡이 서 있었다.

그는 천기룡을 보며 안간힘을 다해 입을 열었다.

"기, 기룡 형님. 대, 대체 무슨 일입니까?"

북궁천은 지풍을 쏘아서 선우중의 마혈과 아혈을 제압했다.

"왜 이러는지 곧 알게 될 거야. 네놈의 껍질을 하나하나 벗겨 줄 테니까."

싸늘하게 말한 그는 옆으로 고개를 돌렸다.

"유 원주님, 구양우경의 상태를 좀 봐 주시지요."

유원당이 구양우경에게 다가가 입 안을 살펴보았다. 그리고 이불을 찢어서 그의 입 안을 닦아 냈다.

이불에 묻은 이물질에 코를 들이댄 그가 옥병을 들고 있는 황보청에게 물었다.

"얼마나 복용했지?"

황보청이 옥병을 흔들어 보더니 머쓱한 표정으로 말했다.

"정확히는 모르겠습니다만, 아직 반 이상이 남아 있는 걸로 봐서 많이 마시지는 않은 것 같습니다."

"바로 잡지 않고 뭐했어?"

유원당이 다그치자, 황보청은 머쓱한 표정으로 모든 죄를 선우중에게 떠넘겼다.

"저놈이 설마 바로 손쓸 줄 알았어야죠. 혹시라도 괜찮은 정보가 있을까 싶어서 귀를 기울였는데, 구양우경의 목소리가 갑자기 안 들리지 뭡니까. 그래서 곧바로 쳐들어왔는데도 조금 늦고 말았습니다."

어차피 벌어진 일. 황보청의 잘못이라고만 할 수도 없었다. 그런 상황이라면 누구라 해도 선우중과 구양우경의 입에서 나오는 말을 듣고 싶어 했을 테니까.

북궁천은 황보청과 종리기진을 탓하지 않고 유원당에게 물었다.

"독입니까?"

"독은 아니네. 하지만 독만큼이나 나쁜 것이지. 아니, 어쩌면 독보다 더 나쁘다고 할 수 있겠군."

유원당은 황보청에게서 옥병을 받아 들고는 선우중을 노려보며 마저 말했다.

"모든 성분을 알 순 없지만, 앵속과 음약이 섞인 것은 분명하네. 이걸 반만 복용했어도 죽은 줄 모르게 죽었을 거야."

북궁천은 고개를 돌려 천기룡을 바라보았다.

"음마에 대한 말을 들어 봤을 거요. 선우중이 그중 하나요. 천 형은 이곳에서 본 것을 사실대로만 이야기해 주면 되오. 할 수 있겠소?"

천기룡은 이를 악물고 고개를 끄덕였다.

"뭐든, 내가 할 수 있는 일은 다 하겠소. 저런 놈들과 호형

호제하며 살아왔다니. 사람을 못 알아본 나 자신에게 화가 나서 견딜 수가 없소."

"좋소. 황보 아우, 놈을 끌고 나가자."

황보청이 덜덜 떨고 있는 선우중을 들어서 어깨에 걸치고 방을 나섰다.

아혈이 막힌 구양우경은 그들이 나가는 모습을 몽롱한 표정으로 바라보며 눈을 깜박였다. 무슨 일이 벌어졌는지 영문을 모르겠다는 표정이었다.

그런데 밖으로 나간 북궁천 등이 마당에 내려서자마자 이십여 명이 별원으로 들이닥쳤다.

"멈춰라!"

북궁천 등은 담담한 표정을 지은 채 들어선 자들을 바라보았다.

삼성궁 검신가의 사람들이었다. 구양우경이 있는 별원에서 싸우는 소리가 들린다는 소식을 듣고 쫓아온 듯했다.

먼저 검신가의 장로인 구양은이 앞으로 나서며 눈을 부라렸다.

"이게 대체 무슨 일인가?"

"구양우경을 살해하려고 방에 침입한 음마를 붙잡았습니다."

북궁천의 냉랭한 말에 구양은이 눈을 홉떴다.

"뭐라고?"

그 때 구양환이 별원으로 들어서며 소리쳐 물었다.

"그게 사실이냐?"

북궁천의 눈이 그를 향했다.

"증인과 증거가 완벽합니다."

구양환의 눈이 황보청의 어깨로 향했다.

"저놈이 음마더냐?"

"그렇습니다."

"음마가 왜 우경이를 죽이려 했단 말이냐?"

"자신의 정체를 밝힐까 봐 불안했나 봅니다. 둘은 가까운 사이니까요."

"가까운 사이? 음마가 누군데?"

그에 대한 답은 천기룡이 했다.

"선우중입니다, 궁주님."

얼마나 놀랐는지 구양환의 입이 반쯤 벌어졌다.

"그, 그게 무슨 말이냐? 그럼 중아가 우경이를 죽이려 했단 말이냐?"

"자세한 사실은 단 형이 밝힌다고 했습니다. 저는 다만 선우중이 구양 형의 방에 몰래 침입한 것과 구양 형에게 수상한 약을 먹이려 했다는 것만 알 뿐입니다."

"수상한 약을 먹이려 했다고?"

"유 원주님 말씀으로는 음약과 앵속에 정체를 알 수 없는 수상한 약재가 섞여 있어서, 과다복용하면 잠자듯이 죽는다고 했습니다."

천기룡의 설명이 끝나갈 즈음, 대여섯 명이 더 별원으로 들어왔다.

그중 하나가 버럭 소리치며 천기룡의 말에 반박했다.

"말도 안 되는 소리! 우리 중아가 무엇이 아쉬워서 소궁주를 죽이려 한단 말이냐!"

신도가의 가주인 선우명이었다.

그리고 그와 함께 온 사람 중에는 천군호도 있었다.

"어헤! 가주, 그럼 우리 기룡이가 거짓말을 했단 말이오?"

"기룡이가 거짓말을 했다는 게 아니외다. 중아가 소궁주를 죽이려고 했을 리가 없다는 말이지요."

"그에 대해선 조사해 보면 알 일. 기룡아, 확실하게 말하도록 해라. 네가 무엇을 봤느냐?"

"제가 들어가기에 앞서 황보 형과 종리 형이 들어갔습니다. 그들이 들어갔을 때……."

천기룡은 상황을 모두 설명하고 고개를 푹 숙였다.

천군호의 눈이 북궁천을 향했다.

"선우중이 음마라는 증거가 있는가?"

"있습니다. 다만 그에 대한 증거는 현재 제가 가지고 있지 않습니다. 시간이 지나면 증거를 가진 사람들이 도착할 것이니 조금만 기다리시지요."

"증거를 가진 사람들이 누구냐?"

“그에 대해서도 그분들이 오시면 저절로 아시게 될 겁니다.”

냉정하게 말을 자른 북궁천은 별원 안에 모인 삼성궁 사람들을 둘러보았다.

“여기서 목소리 높여 봐야 좋을 것이 없을 것 같습니다만. 사람들이 더 몰려오면 회룡당으로서도 막을 수 없습니다.”

그는 자신이 유원당, 천기룡과 함게 별원으로 들어가면서 천광호와 회룡당 무사들에게 별원의 외부를 지키게 했다.

덕분에 삼성궁 외의 사람들은 아직 안으로 들어오지 못하고 있는 상황이었다.

물론 그들도 안에서 들리는 소리는 들었을 테니 어느 정도 상황은 파악하고 있을 것이다.

그러나 직접 눈으로 보는 것과 목소리만 들은 것은 천양지차였다.

삼성궁의 세 가주는 그제야 상황의 심각성을 깨닫고 입을 다물었다.

세 사람이 다퉈 봐야 자기 얼굴에 침 뱉기일 뿐이었다.

북궁천은 그들이 입을 다물자 무심한 어조로 말했다.

“일단 선우중을 철은보 뇌옥에 투옥시켜 놓고, 자세한 것은 그분들이 오신 다음에 처리하도록 하겠습니다.”

＊　　＊　　＊

북궁천은 선우중이 구양우경의 방으로 들어갔다는 보고를 받자마자 발 빠른 이조량을 미리 임강령에게 보내 놓은 상황이었다.

이조량은 전력을 다해서 영진까지 달려갔다. 그리고 자정이 막 넘어갈 무렵, 임강령과 사공강후가 철은보에 도착했다.

철은보에 있던 사람들은 자는 사람이 거의 없었다.

두 번째 음마가 잡혔다고 했다.

충격적이게도 삼성궁 신도가 가주의 둘째 아들인 선우중이라고 한다. 잠을 자고 싶어도 결과가 궁금해서 잘 수가 없었다.

그들은 증거를 가진 사람들이 도착했다고 하자 스멀스멀 방에서 나왔다.

북궁천은 선우중을 철심전으로 옮겼다.

천광호가 어깨를 편 채 선두에 서고, 회룡당 무사들이 선우중을 멘 황보청을 둘러싼 채 철심전으로 향했다.

철심전에는 삼성궁의 세 가주를 비롯한 주요 간부들과 각 세력의 주요 인사 몇 명, 그리고 영진에서 돌아온 임강령과 사공강후가 모여 있었다.

황보청이 선우중을 바닥에 내려놓자 선우명이 일그러진 표정으로 말했다.

"도망가지 못할 테니 그 아이의 혈도를 풀어 주게."

북궁천이 지풍을 날려서 선우중의 아혈을 풀어 주었다. 하지만 마혈은 풀어 주지 않았다.

"자결할지 모르니 마혈은 풀어 줄 수 없습니다. 이해하십시오."

선우중은 말문이 트이자 절절하게 소리쳤다.

"아버님, 저는 아무 잘못도 없습니다. 구양 형에게 도움이 될까 해서 약을 먹인 것뿐입니다! 정말입니다!"

유원당이 냉랭한 목소리로 다그쳤다.

"앵속과 음약이 섞인 약을 말인가?"

"많은 양을 복용하면 위험해도 적은 양은 위험하지 않습니다. 오히려 혈류를 원활하게 해 주어서 구양 형처럼 정신에 이상이 생긴 분에게는 좋다는 말을 들었습니다. 그래서 복용시킨 것뿐입니다!"

그럴듯한 변명이었다.

앵속과 음약을 지닌 것 자체도 잘못이긴 하지만, 최소한 음마라는 사실보다는 나았다.

선우명도 선우중의 편을 들어 주었다.

"이 아이가 이상한 약물을 지니고 있었다는 것을 부정할 생각은 없소. 하지만 복용시킨 목적이 소궁주를 살해하기 위함은 아닐 것이오. 오랫동안 형제처럼 지내 왔는데 어찌 그런 생각을 가졌겠소?"

구양환도 적당한 선에서 마무리하고 싶었다.

아들을 죽이려 한 점은 괘씸하지만, 선우중을 음마로 확정 지으면 구양우경도 음마가 되는 것이다.

"어떻게 생각하는가? 선우 가주의 말도 일리가 있어 보이네만."

북궁천은 임강령을 바라보았다.

"서신에 대해 말씀해 주시지요."

임강령이 착잡한 표정으로 품속에서 두 장의 종이를 꺼내 탁자 위에 올려놓았다.

군웅들의 시선이 모두 서신에 집중되었다.

임강령이 먼저 반쪽이 탄 서신을 가리켰다.

"이것은 누군가가 소궁주에게 보낸 서신입니다. 그 내용은……."

군웅들은 서신의 글을 읽으며 임강령의 설명에 이상이 없음을 확인하고 눈빛이 싸늘해졌다.

구체적인 내용은 적혀 있지 않았다. 하지만 고심해서 생각할 것도 없이 서신의 주인이 무슨 짓을 했는지 유추가 가능했다. 소동동이라는 살아 있는 증거가 있지 않은가 말이다.

구양환은 후회를 씹으며 마음을 다스렸다.

'빌어먹을. 군웅들이 떠난 직후에 놈을 처리했어야 했어.'

완벽을 기하려고 하루를 기다렸는데 그사이에 이런 일이 벌어질 줄이야.

'저 어리석은 놈만 아니었어도……!'

그 때 설명을 마친 임강령이 두 번째 종이를 가리켰다. 종이는 한쪽 구석이 접혀 있었다.

"이것은 제가 필체 대조를 위해서 청년들에게 질문을 돌리고 받은 답지입니다."

그의 시선이 선우명을 향했다.

"가주, 이 필체의 주인이 누구인지 알아보시겠습니까?"

이를 악문 선우명은 바로 대답하지 못했다.

대신 천군호가 무겁게 가라앉은 목소리로 말했다.

"두 장의 필체가 똑같군."

군웅들은 동의한다는 듯 굳은 표정으로 고개를 끄덕였다.

그 때 임강령이 종이의 접힌 부분을 펼쳤다.

그곳에는 선우중의 이름이 적혀 있었다.

선우명은 눈을 질끈 감고 주먹을 움켜쥐었다.

임강령은 자신이 할 일은 다 했다는 듯 주도권을 북궁천에게 넘겼다.

"이제 자네가 말해 보게."

북궁천이 무심한 표정으로 군웅들을 둘러보며 결론을 내렸다.

"보시는 대로 선우중이 쓴 답지와 구양우경이 의문의 인물에게 받은 서신의 필체가 똑같습니다. 그리고 선우중은 군웅들이 출동해서 철은보가 한산해진 사이, 구양우경을 몰래 찾아가 수상한 약을 복용시켰습니다. 그 말이 무엇을 의미하는

지 모르는 분은 없을 것입니다."

"아, 아닙니다! 전부 거짓말입니다, 궁주님! 저는 구양 형님께 서신을 보낸 적이 없습니다! 그리고 구양 형님을 죽이려 하지도 않았습니다!"

선우중이 악을 쓰며 부인했다.

구양우경과 그는 주고받은 서신을 반드시 태우거나 가루로 만들어서 없애거늘, 어떻게 서신이 남아 있단 말인가?

하지만 진위 여부를 떠나서, 사실을 인정하면 그 순간 끝장이다.

설령 그보다 더한 증거가 있어도 부인해야만 했다.

북궁천은 탁자 위의 서신을 들어서 그의 눈앞에 들이밀었다.

"잘 봐. 네가 직접 쓴 거니까. 구양우경이 전부 없앤 줄 알았겠지?"

선우중은 자신이 쓴 서찰이 정말로 남아 있다는 걸 알고 부들부들 몸을 떨었다.

"아, 아냐. 그럴 리가 없어. 난 아니야."

그러나 그의 눈빛은 이미 절망으로 물들어 있었다.

구양환은 그 모습을 보고 더 이상 빠져나갈 구멍이 없다는 사실을 깨달았다.

군웅들을 향해 포권을 취한 그는 그르렁거리는 목소리로 입을 열었다.

"먼저 여러분께 들 낯이 없소. 우경이가 중아와 한패로 놀아났다는 말을 믿고 싶지 않지만, 드러난 정황이 확실하니 더 이상 감싸지 않겠소. 모두 자식을 잘못 교육시킨 부모의 죄외다. 하나 이에 대한 책임론은 천사교와의 싸움이 끝난 후로 미루어 줬으면 하는 바람이오."

무림맹의 장로인 종남파의 송양자가 착잡한 표정으로 말했다.

"궁주의 말뜻을 어찌 모르겠소. 빈도 역시 그게 좋을 것 같다는 생각이오. 지금 일을 크게 만들어 봐야 좋을 게 뭐가 있겠소?"

다른 사람들도 별다른 반론을 제기하지 않았다.

선우중마저 음마로 밝혀지면서 막다른 골목까지 밀린 삼성궁이다. 여기서 더 건드려 봐야 반목만 살 뿐이었다.

천사교와의 싸움을 앞둔 상황에서 그 일은 정파에 어떤 도움도 되지 않았다.

어깨를 짓누르는 침묵이 이어질 무렵, 사공강후가 입을 열어 구양환을 몰아붙였다.

"당장은 천사교를 무찌르는 일이 급해서 미루긴 하나, 두 사람에 대한 처리는 나중에라도 반드시 이루어져야 합니다. 그것도 삼성궁 자체가 아닌 강호의 이름으로 처리되어야 합니다. 궁주께서 그에 대한 확고한 대답만 해 주신다면, 오늘 일은 천사교와의 싸움이 끝날 때까지 묻어 두도록 하겠습니다."

구양환의 눈빛이 거세게 흔들렸다.

강호의 이름으로 처리한다는 말은 무림공적이 된다는 뜻.

삼성궁, 특히 검신가에는 치욕이 아닐 수 없었다.

"우경이와 선우중이 천벌을 받을 짓을 했다는 것은 부인하지 않겠네. 그러나 소동동이라는 여자아이 외에는 딱히 강호에서 두 사람에게 피해를 입은 사람이 없네. 그 여자아이와는 어느 정도 합의를 이룬 상태고. 그런데도 강호의 이름으로 처벌을 한다는 것은 지나친 처사가 아닌가?"

사공강후도 그 말에는 바로 반박을 하지 못했다.

삼성궁의 시비 외에 다른 피해자가 있다 해도 아직 밝혀지지 않았다. 결국 소동동을 제외하면 삼성궁 내부에서 일어난 일이 되어 버리는 것이다.

그 때 유원당이 물었다.

"만약 삼성궁의 사람 외에 다른 피해자가 있다면 어떡하시겠습니까?"

없기를 바라지만, 있다 해도 구양환이 대답할 수 있는 말은 하나밖에 없었다.

"그런 일이 있다면…… 두 사람을 강호의 법도에 맡기겠소."

유원당은 당연히 그런 답이 나올 줄 알았다는 듯 다른 반론을 제기하지 않고 사공강후에게 물었다.

"그 정도면 되겠는가, 사공 공자?"

"좋습니다. 그렇다면 저도 더 이상 따지지 않고 궁주님의 말씀대로 처리를 뒤로 미루겠습니다."

"그럼 그 일은 그 정도로 정리하고, 이제 선우중의 입을 여는 일만 남았군요."

유원당은 상황을 일사천리로 정리한 후 가장 중요한 문제를 꺼냈다.

선우중의 입에서 무슨 말이 나오느냐에 따라 지옥과 천당이 오갈 터. 어느 정도 풀어졌던 구양환과 선우명의 표정이 다시 굳어졌다.

그 때 천종원이 나섰다.

"선우중에 대한 심문은 저희 잠은각이 맡도록 하겠습니다."

천무회나 무림맹, 백검맹이 심문하겠다고 하면 겨우 잡아놓은 불길이 다시 커진다.

단화린이 군웅들의 지지를 등에 업고 나서면 최악이고.

구양환과 선우명은 그런 일이 벌어지기 전에 천종원의 청을 승낙했다.

"좋네, 심문은 잠은각이 맡게."

"그게 좋겠군."

유원당도 한 가지 조건을 걸고 잠은각의 심문을 받아들였다.

"심문을 할 때 몇 사람이 참관할 수 있다면 저 역시 찬성입니다."

북궁천은 그 상황을 조용히 지켜보았다.

그는 처음부터 선우중을 심문할 생각이 없었다.

선우중을 잡아 구양우경에게 다른 죄가 있다는 것을 밝힌 것으로 자신의 할 일은 끝났다.

구양환이 헌원려려를 붙잡아 둔 이유는 구양우경 때문. 그런데 구양우경이 선우중과 함께 음악한 짓을 했다는 게 드러났으니 이제는 더 붙잡아 둘 명분이 없게 되었지 않은가 말이다.

그녀가 떠난다 해도 붙잡지 못할 터. 나머지 일은 삶아 먹든 볶아 먹든 남은 사람들이 알아서 할 일이다.

그는 상황이 대충 정리되자 천종원에게 전음을 보냈다.

—이제 비룡가가 저에게 약속을 지킬 차례규요.

천종원은 자연스런 동작으로 미미하게 고개를 끄덕였다.

＊　　＊　　＊

자신의 방으로 돌아온 구양환은 탁자를 움켜쥐고 이를 악물었다.

평생 처음 겪은 수모에 치가 떨렸다.

가슴속에서 회오리치는 격렬한 분노!

얼굴이 시뻘게지고 머릿속이 후끈 달아오른 그는 몸을 부르르 떨었다.

으드득.

원목으로 된 탁자가 그의 손안에서 부서지며 가루가 바닥으로 떨어졌다.

'그놈을 너무 얕봤어!'

계획이 순조롭게 진행되어서 너무 안이하게 생각했다가 뒤통수를 맞은 꼴이었다.

한편으로는 선우중이 더 괘씸했다. 그가 하루만 늦게 움직였다면 단화린이라는 놈을 처리하는 대신 아들이 죽었을 것이 아닌가.

'일이 더 커지는 걸 막아야 돼!'

새파랗게 눈을 번뜩인 그는 입술을 깨물었다.

구양우경의 일은 단순히 구양우경을 벌하는 것으로 끝나는 게 아니다. 삼성궁의 차대 권력마저 넘어갈 판이다.

그나마도 상황이 이 상태에서 멈췄을 때의 이야기다. 만약 선우중이 충격적인 사실을 밝히기라도 한다면, 검신가 전체가 위험해진다.

"용화, 밖에 있으면 들어와 봐라."

곧 문이 열리고 삼십 대 후반의 중년인이 들어왔다.

무표정한 얼굴, 깊숙이 박힌 눈, 한일자로 굳게 닫힌 입. 차갑게 느껴지는 인상을 지닌 그는 궁주의 친위대인 신검대의 대주 사용화였다.

"부르셨습니까?"

"네가 해 줘야 할 일이 하나 있다."

＊　　　＊　　　＊

구양환은 동이 트기 전 천군호와 선우명을 불렀다.

전이었다면 속마음이야 어떻든 화기애애한 웃음이 오갔을 자리였다. 그러나 오늘 만큼은 누구도 웃지 않았다.

웃기는커녕 어깨에 만근 쇳덩어리라도 걸머진 것처럼 무거운 표정이었다.

잠시 침묵이 흐르는 사이, 시비가 찻잔에 모락모락 김이 나는 차를 따르고 밖으로 나갔다.

구양환은 차를 입에 대는 둥 마는 둥 하고 찻잔을 내려놓았다.

그리고 밤새 고민하며 결정 내린 이야기를 힘들게 꺼냈다.

"군호 아우, 본 궁의 다음 대를 비룡가에서 이끌어 주었으면 하네."

선우명이 흠칫하며 구양환을 바라보았다. 하지만 그도 구양환의 말뜻을 아는지라 토를 달지는 않았다.

천군호는 천천히 찻잔을 내려놓고 담담한 어조로 답했다.

"너무 과분한 말씀이십니다, 궁주. 어찌 제가 그런 욕심을 부리겠습니까?"

"용아라면 충분하리라 보네."

"용아가 그럭저럭 제 몫을 하는 아이긴 하나, 선우 형의 아들인 승아도 있지 않습니까?"

선우명의 입술이 보일 듯 말듯 잘게 떨렸다.

천군호가 선우승의 이름을 꺼내는 이유는 자명했다.

신도가도 공식적으로 지지해 달라는 뜻이다.

선우명은 담담함을 유지하려 애쓰며 구양환의 말에 찬성했다.

"저 역시 궁주의 말씀에 찬성합니다. 용아라면 본 궁의 궁주가 되어도 부족함이 없는 아이지요."

천군호는 어쩔 수 없다는 듯 두 사람의 청을 받아들였다.

"허어, 이거 참. 두 분께서 그리 말씀하시니 아우로선 어쩔 수가 없군요."

구양환은 속이 쓰렸지만 겉으로는 일절 표를 내지 않았다.

"이번 일로 인해 본 궁은 최대의 위기를 맞았네. 세 가문이 협심해서 타개해 나가지 않으면 미래도 없다네."

"지당하신 말씀입니다, 궁주."

"너무 걱정 마십시오. 합심해서 헤쳐 나가면 무슨 일인들 못 하겠습니까?"

"해서 하는 말이네만, 두 분 가주가 함께해 줘야 할 일이 하나 있네."

천군호와 선우명이 의아한 표정으로 구양환을 바라보았다.

선우명이 먼저 말했다.

"무슨 일인지 말씀해 보시지요."

구양환이 눈빛을 싸늘하게 반짝이며 입을 열었다.

"단화린의 정체를 알아냈네. 알고 보니 마도의 인물이더군."

"그게 사실입니까?"

선우명이 눈을 홉뜨고 다급히 물었다.

천군호는 생각지 못한 구양환의 말에 조심스럽게 대답했다.

"그가 마도의 사람이라니, 의외군요."

구양환은 냉소를 지으며 마저 말을 꺼냈다.

"아무래도 그가 자신의 목적을 달성하기 위해서 우경이와 중아를 이용한 것 같네. 두 아이의 죄를 부풀릴수록 자신의 목적에 유리할 테니까 말이야. 나는 그 점을 이용해 볼 생각이네. 물론 우경이와 중아의 죄가 어느 정도 사실로 밝혀졌으니 완전히 부인하긴 어려운 상황이지. 하지만 놈의 정체를 밝히고 몰아붙이면, 군웅들의 본 궁에 대한 압박도 덜어질 거야."

선우명은 마음이 조급해졌다.

그 말이 사실이라면, 죄가 과대평가된 거라면 선우중의 목숨을 구할 수도 있었다.

"그자의 목적이 뭔데 그리 생각하시는 겁니까?"

반면 천군호는 자신의 마음이 드러나지 않도록 조심했다.

단화린의 목적은 보고를 받아서 이미 알고 있는 터. 그는 목적보다 정체가 더 궁금했다.

"단화린의 정체가 뭡니까, 궁주?"

구양환이 입꼬리를 비틀며 말했다.

"알아본 바에 의하면, 북천마궁의 흑룡대 대주 장추람이란 자 같네. 그자가 본 궁에 들어온 것은, 북천마제의 명령을 받고 헌원려려를 빼돌리려는 것이지. 들리는 소문으로는 북천마제가 헌원려려 때문에 술독에 빠져 산다더군."

第六章
빠른 게 아니라 늦은 거다

구양환이 헌원려려를 자신의 방으로 부른 것은 아침 식사를 마친 직후였다.

"나도 더 이상 붙잡지 않겠다. 돌아가고 싶으면 돌아가도록 해라."

헌원려려는 닷새의 기간이 이틀 줄어든 것을 반가워해야 함에도 왠지 모르게 이상한 생각이 들었다.

하지만 소용돌이의 중심에서 하루라도 빨리 빠져나가고 싶은 마음에 의문을 억눌렀다.

"알겠습니다, 궁주님. 허락해 주셔서 고맙습니다."

"수룡위사대원을 호위무사로 붙여 주마."

"천사교가 언제 공격할지 모르는데 저 때문에 그러실 필요
는 없습니다. 아버님이 산장의 무사를 붙여 줄 테니, 그들과
함께 가겠습니다."

구양환은 순순히 그녀의 뜻을 받아 주었다.

"알았다. 그만 가 보도록 해라."

"가면서 진아도 데려가도록 하겠습니다."

"그렇게 해라."

"그럼 보중하십시오, 궁주님."

헌원려려는 깊숙이 허리를 숙여 인사하고 방을 나갔다.

구양환은 방문이 닫히자 이를 악물고 두 눈에서 한광을
번뜩였다.

미끼는 던져졌다. 이제 고기가 무는 일만 남았다.

'흥, 단화린. 아니, 장추람. 어디 어떻게 나오는지 보자.'

설령 빠져나간다 해도 헌원려려의 아기가 자신의 손에 있
는 이상 승부는 끝난 게 아니다.

최후의 승자가 웃게 될 터.

'이 구양환, 네놈 따위에게 쓰러지지 않아!'

*   *   *

"대형, 접니다. 들어가도 되겠습니까?"

이정한의 조급함이 묻어나는 목소리.

찻잔을 입에서 뗀 북궁천은 담담히 대답했다.

"들어와."

안으로 들어온 이정한의 얼굴은 살짝 상기되어 있었다.

북궁천이 그걸 보고 이정한을 놀렸다.

"뭐 좋은 일이라도 있어? 혹시 능 소저가 아우의 마음을 받아 주겠다고……?"

그런데 그가 말을 다 마치기도 전에 이정한이 말했다.

"그게 아니고요. 헌원 소저에게 떠나도 된다는 허락이 떨어졌다 합니다."

"그래?"

북궁천은 당장 별원으로 뛰어갈 것처럼 반색했다.

"지금 떠날 준비를 하고 있습니다. 어떻게 하시겠습니까?"

"어떡하긴? 나도 떠나야지."

북궁천이 서두르자 이정한이 말했다.

"함께 나가면 이상하게 생각할지 모릅니다. 헌원 소저 일행이 출발한 뒤에 뒤따라가는 게 어떻겠습니까?"

그것도 괜찮은 생각이었다. 자신을 못마땅하게 생각하는 구양환이 헌원려려와 자신이 함께 떠나는 걸 보며 무슨 트집을 잡을지 몰랐다.

자신이야 무서울 것도 없지만, 헌원려려가 힘들어질지 몰랐다.

"그럼 준비하는 동안 작별 인사나 하고 와야겠군."

　북궁천은 봄나들이 가는 사람처럼 밝은 표정으로 방을 나섰다.

　이정한도 바짝 따라갔다.

　인사를 하러 가다 보면 철군성 사람들의 거처에도 갈 것이 분명했다. 공손설을 만나지 않고 그냥 가진 않을 테니까.

　'맞아, 공손 소저도 오늘 가기로 했다고 했지? 함께 가면 좋겠는데.'

　철군성 무사 중 반은 철은보에 남아 있었다. 능소소도 그 중 하나였다.

　잘하면 그녀가 공손설의 호위로 따라갈지 몰랐다.

　아니라면 대형을 꼬드겨 볼 생각이었다.

　호위로 여자 하나쯤 필요하지 않겠냐면서.

　'그래, 이정한. 멋진 생각이다!'

　북궁천은 먼저 유원당을 만났다.

　유원당은 북궁천이 떠날 때가 되었다는 걸 예상하고 있었는지 조금도 놀라지 않았다.

　천사교와의 싸움을 앞두고 절대고수가 떠나는 게 아쉽긴 했지만, 어차피 단화린은 붙잡고 싶다 해서 붙잡아 둘 수 있는 사람이 아니었다.

　"바로 떠날 건가?"

　"약간의 시간 차를 두고 출발할 생각입니다."

"잘 생각했네. 의심을 사서 좋을 것도 없지."

"그동안 고마웠습니다. 언제 기회가 되면 찾아뵙지요."

"덕분에 세상을 더럽히는 자들을 잡았으니 오히려 내가 고맙네. 딸 가진 부모에게 그런 놈들은 절대 세상에 있어선 안 될 놈들이지."

"부탁 하나 해도 되겠습니까?"

"말해 보게."

"마음에 차지 않아도 황보 아우를 귀엽게 봐 주십시오."

"훗, 귀엽게라…… 그 산적 같은 놈을 귀엽게 보려면 눈을 열두 번은 씻어야겠군. 어쨌든 자네 같은 사람을 사귄 걸 보면 그놈도 쓸 만한 구석은 있다고 봐야겠지. 걱정 말게. 어차피 딸아이 때문에라도 그놈을 받아들일 수밖에 없으니까. 다른 놈을 소개시켜 줄까 했더니 영 싫다지 뭔가? 그딴 놈이 뭐가 그리 좋은지 원…… 아, 혹시라도 그놈에게 내가 한 말은 하지 말게. 콧대만 높아지니까 말이야."

북궁천은 빙그레 웃으며 고개를 끄덕였다.

"알겠습니다. 그렇게 하지요."

유원당은 웃는 북궁천을 빤히 바라보더니 고개를 내둘렀다.

"흐음, 믿을 수가 없군. 자네가 정말 북천의 마왕이라는 그 사람 맞는가? 내가 봐선 마왕은커녕 마졸도 못 될 순한 인상인데 말이야."

"저도 본래 순한 사람이었습니다."

"강호의 말 많은 호사가들이 그 말을 들으면 다 뒤로 자빠지겠군."

"사실이라고 아무리 외쳐 봐야 믿지 않으실 것 같으니 그만 가 보겠습니다."

유원당이 미소를 지으며 고개를 끄덕였다.

"잘 가게. 천사교와 싸울 것을 생각하면 무릎 꿇고서라도 붙잡고 싶지만 어떡하겠나? 그런다고 이곳에 남을 자네가 아니라는 걸 아는데."

북궁천은 쓴웃음을 지으며 포권을 취했다.

"다음에 뵙지요."

"나도 살아서 자네를 꼭 한 번은 더 만나고 싶네. 어떻게 변했을지 궁금하거든."

유원당의 방을 나온 북궁천은 공손설을 찾아갔다.

공손설은 그가 찾아가자 활짝 웃으며 맞이했다. 하지만 그는 그녀의 웃음에도 시큰둥했다.

"갈 준비 다 됐나?"

"예, 오빠. 조금 있다가 출발할 거예요."

"그래?"

북궁천은 그녀의 대답을 듣고 잠시 망설였다.

떠나는 사람은 공손설만이 아니다. 자신도 헌원려려와 함께 떠난다. 방향도 비슷하고.

동행하면 아무래도 공손설이 더 안전해질 터. 그런데도 왠지 동행하는 것이 탐탁지 않았다.

헌원려려와의 즐거운 여행길이 공손설로 인해 방해받을지 모르는 것이다.

'그냥 따로 갈까?'

그런데 이정한이 가슴에 송곳을 푹 찔렀다.

"저, 대형. 공손 소저와 동행하는 게 어떻겠습니까?"

그는 북궁천의 마음에 대해선 눈곱만큼도 생각지 못했다. 그저 공손설과 동행하면 능소소와 오랜 시간 함께 여행을 할 수 있을지 모른다는 꿈에 부풀어 있을 뿐.

북궁천이 그를 째려봤다.

'왜 이리 눈치가 없어?'

그 때 눈치 빠른 공손설이 큰 눈을 반짝이며 물었다.

"오빠도 떠나요?"

"어? 아니 뭐, 그럴까 생각 중이야."

그놈의 자존심 때문에, 북궁천은 차마 거짓말을 하진 못하고 살짝 둘러댔다.

공손설은 그것만으로도 그가 떠난다는 것을 사실로 받아들였다. 설령 가지 않는다 해도 손해 볼 것은 없으니까.

"어마, 잘됐네요. 그럼 함께 가요. 오빠는 언제 출발하실 거예요?"

"음…… 조금 후에."

공손설의 볼이 발갛게 달아올랐다.

"그럼 서둘러서 준비해 놓고 기다릴게요."

이정한은 북궁천의 살기 가득한 눈빛을 조금도 의식하지 못한 채 그녀에게 말했다.

"저, 능 소저는 호위로 안 따라가십니까? 아무래도 소저들과 동행하려면 한 분쯤 여무사가 있어야 할 것 같은데요."

마음이 들뜬 공손설은 '소저들'이라는 말을 듣고도 이상함을 깨닫지 못했다.

"하긴 오빠는 여자를 잘 모르니까 낭랑과 함께 가는 게 낫겠네요."

이정한은 목적이 완수되자 가슴이 쿵쿵거리며 터질 것처럼 뛰었다.

반면 북궁천은 그제야 이정한의 목적을 눈치챘다.

그렇다고 해서 그 정도 일로 이정한을 다그칠 수도 없는 일. 그는 이정한의 뒤통수를 노려보며 심드렁한 말투로 몇 마디 내뱉고 몸을 돌렸다.

"좋을 대로 해. 대신 이각 안으로 와. 늦으면 혼자 갈 거니까 그렇게 알아. 정한, 가자."

"예, 대형. 근데 대형, 어디 안 좋으신 곳이라도 있으십니까?"

'그래, 속이 부글부글 끓는다.'

이정한만 아니었으면 려려와 오손도손 재미있는 여행이 될 텐데. 차마 때릴 수도 없고……

'제길, 괜히 데려왔어.'

＊　　　＊　　　＊

임강령은 북궁천이 떠난다는 말을 듣고 아쉬운 표정으로 말했다.

그 역시 유원당과 같은 마음이었다.

"아쉽군. 천사교와의 싸움이 마무리된 다음에 떠났으면 했는데."

"성질 더러운 마제가 조용히 떠나는 걸 다행으로 생각하시죠. 사실 폭발 직전이었으니까요."

임강령은 쓴웃음을 지었다. 어찌 보면 북궁천의 말이 맞을지도 몰랐다.

만약 북궁천이 삼성궁을 상대로 한바탕 난리를 피웠으면 상당히 곤란해졌을 테니까.

"하긴 그나마 자네 덕분에 놈들의 함정에서 벗어났으니 그것만 해도 고마운 일이지."

"영진으로 돌아가시거든 놈들을 잘 살펴보십시오. 아무래도 수상쩍은 면이 있습니다."

"무슨 말인가?"

"놈들의 움직임에서 작위적인 냄새가 납니다. 누가 봐도 때가 아닌데 움직였다는 것은 다른 목적이 있단 말 아니겠습니까? 게다가 삼성궁의 궁주와 두 가주를 비롯해서 삼성궁을 옹호하는 상당수의 고수들만 남고, 조사대에 속한 사람들은 모두 영진으로 갔습니다. 뭔가 이상하지 않습니까?"

"설마……?"

"아닐 수도 있지만, 조심해서 나쁠 것은 없지요. 그리고 천사지존이 정말 강호를 농락할 정도의 모사꾼이라면 사소한 기회도 놓치지 않을 것입니다. 제가 백리 대협과 관 대협을 놔둔 채 두 분만 오라고 한 것도 놈들의 움직임이 수상해서 그런 겁니다."

"으음, 그럼 나도 바로 가 봐야겠군."

"천사교의 주구는 아직 밝혀내지 못했습니까?"

"아직 확실한 것은 알아내지 못했네. 다만 수상쩍다고 여겨지는 자가 몇 있어서 그들을 중점적으로 주시하고 있지."

"불리함을 알면서도 강력하게 천사교와 대적하자고 하는 자를 유의해 보십시오. 저들로선 그게 연합 세력을 수렁에 빠뜨릴 수 있는 가장 좋은 방법이니까."

임강령이 무거운 표정으로 고개를 끄덕였다.

그는 그런 사람을 하나 알고 있었다. 설마 아니겠지 했는데, 북궁천의 말을 들으니 수상한 점이 더 확실하게 느껴졌다.

"잘 알겠네."

"그럼 다음에 뵙지요. 아, 백리 대협을 만나시거든, 전에 약속했던 대결은 나중으로 미룬다고 전해 주십시오. 제가 나중에 찾아뵐 테니까요."

그런 것은 좀 잊어버리지!

임강령은 어색하게 틀어진 표정으로 물었다.

"오긴 올 건가?"

"대협은 약속을 어기면 안 된다고 하더군요. 그래서 그 약속도 반드시 지킬 생각입니다."

'끙, 대협이 사람 잡겠군.'

*　　*　　*

"별일 없었지? 수고들 했네. 가서 쉬게나."

잠은각 이조장 모우태는 내 명의 수하들과 함께 뇌옥으로 가서 경비를 교대해 주었다.

밤새 뇌옥을 지킨 잠은각 삼조원들의 표정이 밝게 펴졌다.

"수고하쇼."

모우태는 그들이 모두 나가자 뇌옥 안을 살펴보았다.

뇌옥에 있는 죄수는 지난밤을 뒤집어 놓았던 선우중뿐이었다.

모우태는 벽에 기댄 채 고개를 푹 숙이고 있는 그를 보고 냉소를 지었다.

그는 잠은각의 이조장이기에 구양우경과 선우중이 무슨 짓을 저질렀는지 남들보다 많은 것을 알고 있었다.

'저런 새끼들 때문에 애꿎은 청년들이 총각 귀신이 된다니까. 돌팔매질에 맞아 죽어도 싸지.'

속으로 욕을 한바가지 퍼부은 그는 선우중이 자든 말든 신경 쓰지 않고 몸을 돌렸다.

한두 끼 굶어도 되는 놈들이었다. 식사 시간이 다 되었지만 음식을 갖다 줄 마음이 조금도 없었다.

그런데 막 몸을 돌리고 걸음을 옮기려던 그가 고개를 갸웃거렸다.

사람이 앉아서 고개를 푹 숙이고 있으면 숨 쉬는 움직임이 더 커진다. 어깨든, 머리든, 배든 어느 한 곳은 들썩이기 마련이다.

그런데 움직임이 너무 조용했다.

고개를 돌린 그는 선우중을 자세히 살펴보았다. 그리고 곧 그를 불러보았다.

"이보쇼! 선우 공자!"

마음 같아서는 철저히 죄인 취급을 하고 싶었지만, 아직은 신도가 가주의 아들이다. 말 한마디 잘못했다가는 목이 달아날 수 있었다.

선우중은 여전히 아무런 움직임도 없었다.

모우태는 급히 허리춤에 매달린 열쇠로 뇌옥의 철문을 열
었다.

"무슨 일입니까, 조장?"

잠은각 무사들이 의아한 표정으로 그를 바라보았다.

하지만 모우태는 아무런 대꾸도 하지 않고 선우중의 어깨
를 잡아 흔들었다.

스르르르, 툭.

선우중의 몸이 벽을 타고 미끄러지더니 그대로 꼬꾸라졌
다.

그 때 문득 피로 벌겋게 물든 벽이 눈에 들어왔다. 피는 선
우중의 미끄러지는 몸을 따라서 죽 그어져 있었다.

모우태는 급히 선우중의 맥을 살펴보았다.

온몸이 얼음장처럼 차가웠다. 당연히 맥도 뛰지 않았다.

얼굴이 창백해진 모우태가 뒤를 향해 소리쳤다.

"죄수가 죽었다! 기시 좌령수께 보고해. 다른 사람에게는
아직 알리지 말고. 빨리 가!"

＊　　　＊　　　＊

헌원려려는 시비와 함께 짐을 싸고 서문각과 함께 방을
나섰다.

별원의 마당에는 마차 한 대와 호위를 할 포원산장의 무

사 일곱 명이 기다리고 있었다.

헌원려려와 시비가 짐을 들고 나가자, 일곱 무사 중 하나가 눈치 빠르게 앞으로 나와서 짐을 받아 마차에 실었다.

헌원려려는 착잡한 표정으로 서문각을 향해 고개를 숙였다.

"그럼 먼저 가겠습니다."

서문각은 아쉬운 표정으로 고개를 끄덕였다.

"조심해서 가라. 네 고모가 놀랄지 모르니 말 잘하고."

북궁천은 마차가 호위를 받으며 별원을 나서는 걸 멀리서 바라보았다.

'드디어 떠나는군.'

그는 헌원려려가 출발하는 걸 보고 나서야 천광호를 만났다.

"간다고? 어딜?"

천광호는 북궁천이 떠난다고 하자 대뜸 그렇게 물었다.

북궁천은 태연하게 대답했다.

"집에 가는 겁니다."

"천사교와 언제 싸울지 모르는데 떠난단 말인가?"

"제가 있는 걸 싫어하는 사람들이 많으니 어쩌겠습니까? 절이 싫으면 중이 떠난다는 말도 있던데, 제가 가야죠."

"누가 자네를 싫어한단 말인가? 말해 보게. 내가 당장 가서 따질 테니까. 궁주인가?"

천광호는 상대가 구양환이라 해도 당장 달려가서 따질 것처럼 물었다.

그래서 북궁천이 좋아하는 것이기도 했다.

"됐습니다. 사실은 좋아하는 여자가 있어서 같이 살려고 가는 겁니다."

"엥? 하필 지금?"

"지금이면 안 되는데 어떻게 합니까? 당주도 누군가를 좋아해 보면 아시게 될 겁니다. 좋아하는 사람이 원하면 세상이 뒤집어져도 달려가게 되니까요."

북궁천은 엉뚱한 말만 잔뜩 늘어놓고 자리에서 일어났다.

"이곳에 와서 좋은 경험을 했습니다. 당주 같은 분을 만난 것도 좋았고요."

천광호도 북궁천에게 목적이 있다는 것을 모르지 않았다. 그런 이유가 아니라면 저런 고수가 어찌 회룡당의 말단 무사로 지낸단 말인가?

더구나 숨겨진 정체가 뭔가 몰라도 자신과는 비교할 수 없는 지위에 있는 사람일 것이 분명했다.

그래도 막상 떠난다니까 무척이나 아쉬웠다.

다른 사람처럼 꼭 천사교 때문만은 아니었다. 좋은 사람과 헤어진다는 것 자체가 아쉬웠다.

그리고 북궁천이 떠나면 회룡당의 앞날이 걱정되어서 더 아쉬웠다.

'지미, 이제부터는 진짜 죽었다 생각하고 있어야겠군.'

하지만 그는 흔쾌히 북궁천을 보내 주기로 했다.

그에게는 그의 길이 있고, 자신에게는 자신의 길이 있었다.

천사교와 싸우다 죽는다 해도 그것 역시 자신의 운명일 뿐. 자신의 운명을 계속 단화린에게 맡길 수는 없는 일 아닌가 말이다.

"다음에 만나면 그동안 못 마신 술이나 진탕 마시세. 설마 그때도 안 마시는 건 아니겠지?"

"그때쯤에는 마실 수 있을 겁니다. 그런데 제가 술이 좀 셉니다. 주머니가 두둑하셔야 할 겁니다."

"모자라면 가주께 뜯어내지 뭐."

천광호의 방을 나선 북궁천이 거처로 가자 황보청과 종리기진, 태극문의 세 제자가 기다리고 있었다. 이조량은 보이지 않았는데, 그는 먼저 헌원려려의 뒤를 따라가고 있었다.

"다음에 만나세."

황보청이 무슨 소리냐는 듯 단호한 어조로 말했다.

"저희도 따라가겠습니다."

"잔소리 말고 여기 있어. 유 원주님께서 겨우 자네를 허락하겠다고 마음먹었는데, 떠나면 어떻게 하겠다는 건가?"

황보청의 눈이 동그래졌다.

"예? 그게 정말입니까?"

"유 소저가 아우 아니면 죽어도 시집 안 간다고 했다더군. 그러니 유 소저를 얻고 싶으면, 엉뚱한 일 벌이지 말고 원주님 말씀 잘 들어. 원래 말하지 않으려고 했는데 아우 생각해서 말해 주는 거야."

얼굴이 벌게진 황보청은 머리를 긁적이며 머쓱한 웃음을 지었다. 유소예를 포기하면서까지 북궁천을 따라갈 수는 없는 일이었다.

북궁천이 만사 제치고 헌원려려와 떠나는 것처럼.

"그럼 어쩔 수 없죠. 부디 조심해서 가시고, 나중에 꼭 정주에 들러 주십시오."

"살아남아. 그래야 볼 수 있으니까."

단순한 몇 마디였지만, 황보청은 그 말을 듣고 가슴이 찡했다.

"알겠습니다, 대형. 반느시 살아남겠습니다."

"언제든 북천에 갈 기회가 있으면 북천궁에 한번 들르고."

움찔한 황보청이 의아한 표정으로 북궁천을 바라보았다,

"북천마궁요?"

"왜, 아우도 북천궁을 마인들이 득시글거리는 곳으로 보나?"

"꼭 그런 것은 아니지만, 그곳의 주인인 북천마제는 피도 눈물도 없는 포악한 패왕이라고 하던데……."

북궁천이 황보청을 쏘아보았다.

"포악? 어떤 게 진짜로 포악한 건지 한번 보여 줄까?"

"대형이 왜요?"

"북천마제가 포악하다며?"

"그럼 소문과 다르단 말씀입니까?"

"아우가 보기엔 어때?"

"예?"

"이 우형이 진짜로 포악하게 보이느냔 말이야."

"에이, 대형을 어떻게 북천마제와 비교……."

말도 안 된다는 투로 말하던 황보청이 뒷말을 흐렸다.

갑자기 방 안이 쥐 죽은 듯이 조용해졌다.

종리기진도 아연한 표정으로 입을 반쯤 벌리고 있고, 이정한 등도 넋이 빠진 모습이었다.

셋을 셀 시간이 지난 후에야 황보청이 떨리는 목소리로 더듬거렸다.

"마, 맙소사! 그, 그럼 대형이……!"

"다른 사람에겐 말하지 마. 괜히 자네들만 험한 꼴 당할지 모르니까. 정파의 자제가 마제의 동생이라고 하면 손가락질할 것 아닌가?"

황보청은 대답할 정신도 없는 듯 눈만 왕방울만 하게 뜨고 북궁천을 바라보았다.

"시간이 다 됐군. 그럼 포악한 우형은 이만 가 보겠네. 정한, 가자.”

북궁천은 공손설과 약속한 이각이 흐르자 조금도 망설이지 않고 몸을 돌렸다.

그제야 정신을 차린 사람들은 우르르 북궁천을 따라나섰다.

“따라올 필요 없다니까?”

“상남까지만 함께 가겠습니다.”

곧바로 헤어지는 게 아쉬운 황보청은 조금이라도 더 함께 있고 싶었다.

북궁천도 그것까지는 마다하지 않았다.

*　　　*　　　*

구양환은 한 뼘쯤 열린 창문을 통해 북궁천 일행이 나서는 모습을 지켜보았다.

‘놈, 지금은 마음껏 즐겨라. 곧 나락으로 떨어질 테니까.’

그 때 사용화의 목소리가 뒤에서 들렸다.

“궁주, 선우중이 시신으로 발견되었습니다.”

구양환은 아무것도 모르는 사람처럼 놀란 표정을 지으며 돌아섰다.

“그래? 신도가와 비룡가의 가주들에게도 전해졌느냐?”

“방금 전 방을 나와 뇌옥으로 달려갔습니다.”

"그럼 나도 가 봐야겠군."

구양환은 냉소를 지으며 방을 나섰다.

북궁천은 밝은 표정으로 철은보의 정문을 통과했다.

바람이 그 어느 때보다 시원했다.

세상을 다 얻은 기분.

아버지도 어머니를 얻었을 때 이런 기분이었을까?

'흠, 오늘은 날씨가 좋군.'

하지만 그도 잠시.

"오빠, 같이 가요!"

공손설의 맑은 목소리가 그의 발목을 잡았다.

갑자기 바람에 먼지가 섞인 듯 입안이 텁텁했다. 손안에 다 들어온 떡을 빼앗긴 기분.

'모래바람이나 안 불면 다행이겠군.'

그는 속으로 투덜대며 고개를 삐딱하게 꺾고 뒤를 바라보았다.

공손설이 염구악과 능소소, 엽청문과 함께 달리듯이 빠르게 다가오고 있었다.

'누구는 좋겠군.'

보지 않아도 눈에 훤했다. 지금쯤 이정한의 얼굴에는 웃음꽃이 피어 있을 것이 뻔했다.

그 때 바짝 다가온 공손설이 싱긋 웃으며 말을 걸었다.

"오빠, 여행하기에는 정말 좋은 날씨예요."

'좋기는 개뿔이나.'

속으로 투덜거린 북궁천이 시큰둥한 표정으로 대꾸했다.

"언제 변덕 부릴지 모르니까 빨리 가자."

그러고는 철은보 안쪽 깊숙한 곳을 지그시 바라보고는 미련 없이 걸음을 옮겼다.

사공강후는 대연무장 한쪽에서 북궁천 일행이 나가는 것을 묵묵히 바라보았다.

자신의 가슴에 불을 질러 놓은 사람이 떠나고 있었다.

이곳에 있을 사람이 아니라는 것을 눈치채긴 했지만 예상보다 빠른 헤어짐이었다.

'오늘은 그냥 보내지만, 다음에는 절대 그냥 보내지 않을 거요.'

오늘의 이별이 영원할 것 같지 않았다. 그래서 순순히 보내주기로 했다.

어느 날 갑자기 자신의 앞에 나타난 산은 높고 컸다. 현재의 능력으로는 도저히 넘을 수 없을 듯했다.

그러나 앞으로도 그러란 법은 없었다. 전심전력으로 갈고닦다 보면 언젠가는 벽을 넘을 수 있을 것이었다.

'가까운 시일 안에 보기를 바라겠소.'

사공강후는 북궁천과 시선이 마주치자 슬쩍 공수의 예를

취해서 환송했다. 그리고 북궁천 일행이 멀어져 가자 뒤돌아
섰다.

그 때 그를 향해 천무회의 무사 하나가 뛰어왔다.

"소회주!"

"무슨 일이오?"

"선우중이 살해당했다고 합니다."

＊　　　＊　　　＊

북궁천 일행이 상남에 도착하자, 이조량이 그들을 맞이했
다.

"소저는 북쪽 관도 끝에 계십니다, 대형."

북궁천은 고개를 돌리고 황보청과 종리기진을 바라보았
다.

"이제 그만 가 봐."

황보청과 종리기진은 아쉬움을 접고 작별 인사를 나누었
다.

"다음에 만날 때는 부끄럽지 않은 모습으로 뵙겠습니다,
대형."

"행복하게 지내십시오."

"아우들을 만나서 즐거웠어. 언젠가 다시 만날 수 있겠지.
그럼 다음에 보자고."

북궁천은 조금도 아쉽지 않은지 그렇게만 말하고 몸을 돌렸다.

황보청과 종리기진은 한참 동안 서서 북궁천 일행이 멀어지는 모습을 지켜보았다.

한편, 공손설은 채 열 걸음 걷기도 전에 궁금증을 참지 못하고 북궁천에게 물었다.

"북쪽 관도 끝에 있다는 소저가 누구예요?"

"이 오빠의 부인 될 사람."

움찔한 공손설의 걸음이 흐트러졌다.

충격을 받았는지 뺨에서는 핏기가 사라지고 눈꺼풀이 잘게 떨렸다.

그녀는 종종걸음으로 북궁천의 곁에 바짝 붙어서 고개를 쳐들었다.

"지금까지 그런 말씀 없었잖아요."

"내가 왜 그런 깃까지 너에게 다 알려 줘야 되지?"

"동생에게 그런 말 좀 해 주면 안 돼요?"

"그럴 만한 사정이 있어서 그런 거야, 이 꼬맹아."

공손설이 입술을 삐죽이며 툭 쏘아붙였다.

"저 꼬맹이 아니거든요?"

"열여섯이면 꼬맹이지, 어른이냐?"

"이제 열일곱 돼요. 제 나이에 시집가는 여자들이 얼마나 많은데요?"

“푸하! 열여섯이나 열일곱이나. 꼬마 계집애가 뭘 안다고. 안 그래, 호량?”

헛웃음을 지은 북궁천이 동호량에게 물었다.

동호량은 북궁천이 북천마제라는 걸 안 후로 입을 여는 게 두려웠다.

하지만 다 아는 사실을 거짓으로 말할 순 없었다.

“저, 대형. 열여섯, 열일곱이면 알 것 다 압니다. 그 나이에 혼인하는 여자들이 많아서 미리 가르쳐 주거든요.”

“안다고? 무슨 소리야? 나는 스무 살이 넘도록 아무것도 몰랐는데.”

그는 조부 때문에 남녀 관계라는 것을 알 겨를도 없었다.

오직 패왕이 되는 걸 목표로 수련에 수련의 연속이었으니까.

그리고 나서 궁주가 되고, 싸우기 위해 밖으로만 돌아다녔다.

하지만 그것은 북궁천이 비정상이었다.

동호량은 그에 대해서 솔직하게 말했다.

“공손 소저가 빠른 게 아니라, 대형이 늦은 겁니다.”

북궁천은 다른 사람들을 둘러보았다.

무뚝뚝해서 말이 별로 없는 초강도 슬며시 고개를 끄덕였다. 이정한은 그것도 모르냐는 표정으로 쳐다보고.

별수 없이 이조량에게 물었다.

“조량, 너도 그렇게 생각하냐?”

“죄송합니다, 대형. 저는 아버지와 함께 산골에서만 살아서 그런 것을 잘 모릅니다.”

북궁천은 이조량마저 도움이 안 되자, 한쪽에서 묘한 눈빛으로 자신을 힐끔거리는 염구악에게 물었다.

“노인장은 어떻게 생각하쇼?”

염구악이 혀를 찰 것 같은 표정으로 말했다.

“그것도 모르냐? 설아가 좋아해서 똑똑한 놈인 줄 알았더니, 허우대만 컸지 속은 비었나 보군.”

앙심을 가진 그에게 물어본 게 실수였다.

은근히 기분이 상한 북궁천도 한마디 쏘아붙였다.

“모를 수도 있지, 인상은 왜 쓰는 거요? 그게 뭐 얼마나 대단한 거라고……”

“어이가 없어서 그런다. 왜, 기분 나쁘냐?”

“됐습니다. 오래 살지도 못할 노인네와 싸워 봐야 남들이 나만 이상하게 생각할 테니 내가 참지요.”

“뭐? 오래 살지 못해? 내가 얼마나 살지 네놈이 어떻게 알아?”

“하는 꼴 보니까 얼마 못 갈 것 같아서 하는 말입니다. 불만이면 오래 살아서 복수하쇼.”

“이놈이 어디서!”

이전의 일 때문에 시비를 자제했다. 그런데 어린놈이 노인의 가장 아픈 곳을 찌르자 더 참을 수 없었다.

"오냐, 어디 누가 먼저 죽는가 한번 해보자, 이놈!"

염구악이 팔을 걷어붙이고 당장 싸울 것처럼 눈을 치켜뜨자 결국 공손설이 한숨 쉴 것 같은 표정으로 나섰다.

"숙부님이 참으세요."

"저놈 하는 말을 너도 들었지 않느냐?"

"지금은 그게 중요한 것이 아니잖아요. 철군성까지 가려면 아직 며칠을 더 가야 하고요."

염구악은 공손설의 말에 마지못한 표정으로 분노를 거두었다.

화를 참지 못하고 한 소리 하긴 했지만, 아무래도 이전의 일 때문에 찜찜했다.

일을 키웠다가 거꾸로 당하기라도 하면 무슨 창피란 말인가?

"험! 네가 그리 말하니 참긴 하겠다만, 한 번만 더 헛소리를 지껄이면 그땐 참지 않을 것이니라."

그런데 그렇게 주거니 받거니 하면서도 걸음을 멈추지 않아서 어느덧 관도 끝이 저만치 보였다.

이조량이 분위기도 바꿀 겸 재빨리 나서서 말했다.

"대형, 저깁니다."

그가 가리키는 곳에 마차 한 대가 호위를 받으며 서 있었다.

북궁천이 언제 다투었냐는 듯 환한 표정으로 성큼성큼 걸음을 옮겼다.

공손설은 시무룩한 표정으로 그의 뒤를 따라가고, 다른 사람들은 조금 걱정스런 얼굴로 그녀를 살피며 뒤따라갔다.

북궁천은 헌원려려를 향해 미소를 지었다.

"오래 기다렸나 보군."

"아니에요, 도착한 지 얼마 안 되었어요."

북궁천의 눈이 호위무사들을 향했다.

포원산장의 무사들은 헌원려려와 이조량에게 미리 말을 들었음에도 왠지 불안한 표정이었다.

더구나 철군성의 사람들까지 합류하자 반발도 하지 못했다.

하지만 북궁천은 그들에 대해서 조금도 신경을 쓰지 않았다. 그들이 따라기지 않는다 해노 아무런 상관이 없는 것이다.

"아무 걱정 마쇼. 당신들에게 해가 될 일은 없을 테니까."

호위무사들에게 위로도 아닌 위로를 한 북궁천은 공손설을 향해 고개를 돌렸다.

"꼬맹아, 너도 마차에 타라. 려려, 철군성의 꼬맹이와 함께 타고 가도 괜찮겠지?"

"그럼요, 태우세요."

“뭐 해? 어서……”

북궁천이 재촉하기도 전에 공손설이 뛰어들 듯이 마차 안으로 들어갔다.

“역시 꼬마라 마차 타고 가는 게 좋긴 좋은가 보네.”

북궁천은 공손설의 의도를 눈곱만치도 눈치채지 못하고 여전히 그녀를 꼬마 취급했다.

“자, 출발합시다.”

第七章
그대들은 이제부터 기도해야 할 것이다!

상남을 빠져나온 마차는 포원산장으로 가기 위해 동쪽으로 향했다.

북궁천은 바람이 다시 상쾌하게 느껴졌다.

바로 옆 마차에 헌원려려가 타고 있지 않은가 말이다.

그런데 오 리쯤 갔을 때 그 좋던 기분이 불쾌함으로 변했다.

언뜻 봐도 오십여 명은 될 법한 사람들이 남쪽 언덕을 넘어서 날듯이 달려오고 있었다.

구양환이 선두에서 몸을 날리고, 그 좌우에 삼성궁의 주요 인사들과 무림맹의 장로들, 강호의 명숙 등 철은보에 남았던

고수들이 대거 포함돼 있었다.

그런데 똑바로 달려오는 걸로 봐서 아무래도 자신이 목표인 듯했다.

"멈춰라!"

냉랭한 목소리가 겨울 하늘을 울렸다.

마차를 몰던 포원산장의 무사들은 반사적으로 고삐를 잡아챘다.

북궁천은 사오 장 정도 더 걸어간 다음 걸음을 멈췄다.

순식간에 오 장 거리까지 다가온 군웅들은 북궁천을 포위하듯이 반원으로 둘러쌌다.

북궁천은 그들을 천천히 둘러보았다.

오십여 명 중에는 구양환을 비롯한 삼성궁의 세 가주와 등조립 등 자신이 보기에도 능히 고수라 불릴 수 있는 자들이 십여 명은 되었다.

시선을 구양환에게서 멈춘 그가 물었다.

"무슨 일입니까?"

구양환이 앞으로 한 걸음 나서며 냉랭히 말했다.

"단화린, 너에게 두어 가지 물을 게 있다. 솔직히 대답하지 않으면 살아서 돌아가지 못할 것이다."

그가 느닷없이 생사를 논하자 북궁천의 표정과 목소리도 차가워졌다.

"물어보시지요. 대답하지 못할 것도 없으니까."

구양환의 눈이 염구악을 향했다.

"염 노사, 귀 성의 사람들과 함께 한쪽으로 물러서시구려."

염구악은 분위기가 심상치 않게 흐르자 이마를 좁히고 짜증난 표정을 말했다.

"무슨 일인데 이러는 거요?"

"곧 아시게 될 거요. 저자 옆에 있으면 공연한 불똥이 튈 수 있으니 한쪽으로 물러나 있으시오."

인상을 찌푸린 염구악은 상황이 심상치 않음을 알고 마차를 향해 소리쳤다.

"설아야, 잠깐 나오너라."

마차문이 열리고 공손설이 나왔다.

그녀는 의아한 표정으로 눈을 깜박이며 북궁천에게 물었다.

"오빠, 무슨 일이에요?"

"너 같은 꼬마가 끼어들 자리기 아니야. 염 장로와 함께 한쪽으로 물러나 있어. 어서."

공손설이 머뭇거리자 염구악이 말했다.

"이리 와라. 설마 무슨 일이야 있겠느냐?"

공손설은 그 말을 듣고도 마음이 놓이지 않았다. 아무래도 뭔가 큰일이 벌어질 것 같았다.

하지만 엽청문과 능소소가 양옆에 바짝 붙어서 움직이자 그녀도 할 수 없이 염구악 쪽으로 갔다.

염구악은 굳은 표정으로 구양환 등을 돌아보며 그녀를 데리고 멀찌감치 물러났다.

구양환은 철군성 사람들이 물러난 후에야 한광을 번뜩이며 질문을 던졌다.

"이제 묻겠다. 단화린, 너는 북천마궁의 사람이지?"

북궁천은 구양환을 직시한 채 담담히 대답했다.

"궁주가 말한 북천마궁이 북천궁을 뜻하는 거라면 맞습니다."

"흥! 마궁이라 불리기는 싫은 모양이군."

"좋을 대로 생각하십시오. 그것 가지고 다툴 생각은 없으니까."

구양환은 숨을 한 번 몰아쉰 뒤 극적인 효과를 노리며 느릿하게 물었다.

"네가 혹시…… 북천궁의 흑룡대주…… 장추람이 아니더냐?"

북궁천의 입술이 잘게 떨렸다.

웃음이 터져 나올 것 같아서 참느라 얼굴이 벌게졌다.

생각해 보니 장추람과 비슷한 면이 없지 않았다. 어쩌면 그래서 장추람을 총애했던 것일지도 몰랐다.

'장 대주가 들으면 미친 듯이 웃으며 기뻐하겠군.'

아니면 배꼽을 잡고 구를지도.

대소를 겨우 참은 그는 턱을 쳐들고 대답했다.

"좋을 대로 생각하쇼."

애매모호한 대답.

그래도 어쨌든 스스로 북천마궁의 사람이란 걸 시인한 이상 이름을 확인하는 것은 더 이상 중요하지 않았다.

"네가 본 궁에 들어온 목적이 뭐지, 장추람? 북천마제의 명령을 받고 저 마차에 타고 있는 서문려려, 아니지, 헌원려려를 데려가려고 온 것이 아니더냐?"

북궁천이 크게 고개를 끄덕였다.

그걸 알아낸 게 무척이나 대단하다는 듯.

"크게 틀린 말은 아닙니다. 헌원려려를 데려가려고 온 것은 사실이니까."

마제의 명령을 받고 온 것은 아니지만.

스스로 원해서 온 것이지.

마제가 직접!

구양휜은 북궁천이 한 발의 미묘한 차이에 대해서 크게 신경 쓰지 않았다.

"내 아들과 선우중을 궁지로 몰아넣은 것도 헌원려려를 빼돌리려고 그런 것이냐? 내 아들이 악인이 되어야 헌원려려가 자유의 몸이 되니까 말이다."

그가 대동한 무림맹의 장로와 강호명숙은 십칠팔 명. 그는 그들에게 단화린의 정체와 목적을 알려 주고자 했다.

그리고 그들이 술렁이는 걸 보니 어느 정도 성공한 듯했다.

그런데 순순히 대답하던 북궁천이 그 말을 듣고 실소를 지었다.

"어이가 없군. 이보십쇼, 궁주. 그놈들이 천하의 어떤 사악한 놈들보다 나쁜 놈들이라는 것은 이미 밝혀졌습니다. 더구나 구양우경이란 놈이 천하의 개자식이라는 건 많은 사람이 두 눈으로 똑똑히 보지 않았습니까? 그 일 때문이라면 궁주는 오히려 나에게 고맙다고 해야 합니다. 그 개자식과 선우중이란 잡놈이 삼성궁을 완전히 말아먹기 전에 막아 줬으니까."

개자식, 잡놈.

대놓고 그런 말을 쓰는 것은 자신을 놀리겠다는 뜻.

분노가 끓어오른 구양환은 눈빛을 새파랗게 번뜩였다.

하지만 이를 악물고 분노를 참았다. 아직은 때가 아니었다.

그 때 선우명이 참지 못하고 살광을 번뜩이며 북궁천을 다그쳤다.

"이놈! 말을 함부로 하지 마라!"

북궁천의 싸늘해진 눈이 그를 향했다.

"마도의 사악한 자들보다 더 악독한 놈들이어도 삼성궁의 자식들이니 봐줘야 한단 말이오?"

"네 이놈! 오랑캐 땅의 마인 따위가 감히 누구를 욕보이는 것이냐!"

"오랑캐 땅의 마인? 그거 재미있는 말이군. 그런데 내가 당신들에게 해를 끼친 적 있던가? 나는 어떤 개잡종들처럼 사악한 짓을 저지른 적도 없는데? 아, 당신들을 위해서 천사교도를 죽인 적은 있군. 어디 대답해 보쇼, 그게 그렇게 잘못한 거요? 내가 정말 나쁜 놈처럼 보이시오?"

선우명은 씩씩거리기만 할 뿐 대답을 못했다.

할 수가 없었다.

단화린이 북천마궁의 사람이라는 것 외에는 잘못한 것이 없으니까. 잘못은커녕 단풍의 산채에서 그들을 구해 주지 않았던가?

그 사실을 아는 사람들은 쓴웃음을 지으며 머뭇거렸다.

그 때 구양환이 손을 들어서 선우명을 말렸다. 자칫하면 상대의 술수에 말려들지 몰랐다.

"잠깐 참게, 가주."

그러고는 선우명이 입을 꾹 닫고 물러서자, 북궁천을 노려보며 말했다.

"마지막으로 하나만 더 묻겠다. 선우중을 왜 죽였느냐? 혹시 밝힐 만한 것이 없게 생겼으니까 죽인 것 아니냐?"

생각지도 못한 말.

북궁천이 이마를 찌푸리며 반문했다.

"선우중이 죽었다고?"

"그렇다. 네가 떠나기 전에 시신이 발견되었지."

"그런데 왜 제가 죽인 것처럼 말씀하시는지 모르겠군요."

"혹시 아느냐? 죄가 없다는 게 밝혀지면 곤란해질까 봐 죽였을지."

"그놈의 팔다리를 모조리 잘라서 죽이고 싶은 마음이야 어찌 없겠습니까? 여기 있는 사람들 대부분이 같은 마음일 텐데. 하지만 저는 그를 죽이지 않았습니다."

"죽이지 않았다고?"

"그렇습니다. 죽일 거라면 뭐하러 생포합니까? 잡을 때 현장에서 목을 잘라 버렸으면 간단한데."

그 말에는 구양환도 토를 달지 못하고 말을 돌렸다.

"좋다. 네가 정말 선우중을 죽이지 않았다면, 철은보로 돌아가서 순순히 조사를 받아라. 함께 오신 무림맹의 장로와 강호명숙들께서 모든 일에 참관할 것이니 안심하고 순순히 따르도록 해라."

북궁천은 단호한 표정으로 구양환의 제안을 거부했다.

"저는 조사받을 이유가 없습니다."

"싫어도 가야 한다. 이 자리에서 죽고 싶지 않다면."

"돌아가고 싶지 않으니 선우중을 죽인 범인은 당신들이 알아서 잡으십시오."

"결국 권주를 마다하고 벌주를 들겠단 말이군. 네가 끝까지 거부한다면 어쩔 수 없이 무력으로 제압하는 수밖에."

북궁천의 입가에 조소가 떠올랐다.

“보아하니 그걸 바라고 온 것 같은데, 쓸데없는 말장난은 그만합시다.”

냉랭히 말한 그는 이정한 등을 돌아다보았다.

“정한, 너희들은 한쪽으로 물러나라. 이건 나의 싸움이다.”

태극문 제자들에게 있어 삼성궁의 수뇌부는 평소 마주서는 것조차 두려운 거물들이다.

맞선다는 생각 자체만으로도 다리가 후들후들 떨리는 고수.

그럼에도 이정한은 이를 악물고 검을 뽑았다.

“그럴 순 없습니다, 대형!”

비겁하게 물러서고 싶지 않았다. 아니, 물러설 수 없었다.

초강도 결연한 표정으로 말했다.

“여기서 물러나면 사부님께서도 저희를 욕하실 겁니다.”

동호량과 이조량도 검을 뽑았다.

“죽으면 한 번 죽지 두 번 죽습니까? 저희도 싸울 겁니다, 대형!”

표정을 보니 말한다 해서 들을 것 같지도 않다.

북궁천은 할 수 없이 마차를 그들에게 맡겼다.

마차에 있는 헌원려려는 서문각의 수양딸. 삼성궁도 함부로 공격하지 않을 터. 현재로선 가장 안전한 곳이었다.

“그럼 너희는 마차를 보호하고 있어라. 저들도 생각이 있는 자들이라면 아무 죄도 없는 너희들까지 죽이겠다고 하진 않겠지."

냉랭한 북궁천의 목소리에 둘러싼 자들 몇이 쓴웃음을 지었다.

그 때 헌원려려가 마차 문을 열고 나왔다. 그녀가 구양환을 향해 사정했다.

"궁주님, 이분은 선우 공자를 죽일 분이 아니에요. 그동안 이분이 천사교와 싸우며 많은 사람을 구해 준 공을 봐서라도 그냥 보내 주세요."

구양환은 얼마 전만 해도 아들의 부인이 될 여자가 원수나 다름없는 자를 위해 사정하자 더 화가 났다.

"네가 뭘 안단 말이냐? 뭐 하느냐? 놈을 잡아라!"

신검대 무사 다섯이 먼저 앞으로 나섰다.

"무슨 짓이에요!"

공손설이 놀라서 소리쳤다.

하지만 그들은 눈 하나 꿈쩍하지 않고 북궁천을 향해 몸을 날리며 검을 뺐다.

"들어가 있어라, 려려!"

북궁천은 헌원려려를 향해 소리치고 검을 잡았다.

그 순간, 신검대원 다섯이 그를 향해 떨어져 내렸다.

찰나였다.

북궁천이 검을 뽑음과 동시에 허공을 사선으로 갈랐다.

묵빛 뇌전이 호선을 그리며 두 사람의 몸을 가르고 지나갔다.

그게 시작이었다.

북궁천의 검이 방향을 바꿔 섬전처럼 뻗어 나가자 또다시 한 사람의 목에 구멍이 뚫렸다.

그리고 허공을 일자로 가른 일검에 나머지 두 사람의 몸이 갈라졌다.

단 세 번의 변화로 신검대원 다섯을 처리한 북궁천은 팔성의 공력을 끌어 올렸다.

"이제부터 누구든!"

쿵!

한 걸음 내디딘 그가 오연한 표정으로 말을 이었다.

"내 앞을 막는 자는 죽는다!"

화악!

그의 전신에서 가공할 기운이 피어났다.

"죽고 싶은 자는 얼마든지 덤벼라!"

그 때 신도가의 장로인 선우경과 삼성궁에 빈객으로 있는 섬전창 오관이 북궁천을 향해 신형을 날렸다.

선우경은 조카인 선우중의 복수를 위해, 오관은 공명심에 사로잡혀 나선 터였다.

뒤늦게 합류한 그들은 소문만 들었기에 북궁천의 강함을 믿을 수 없었다.

나이 어린 북궁천이 강하면 얼마나 강할 것인가!

단숨에 오 장의 거리를 좁힌 그들은 북궁천을 향해 검과 창을 뻗었다.

검과 창에서 일어난 기의 회오리가 좌우에서 북궁천을 향해 밀려들었다.

바위에 깊숙이 박힌 철주처럼 우뚝 선 북궁천은 선우경을 향해 묵혼을 뻗고, 오관을 향해 앙천회류장을 펼쳤다.

쩌저정

벼락처럼 뻗어 나간 묵빛 검강이 선우경의 검과 몸을 동시에 날려 버렸다.

그와 동시, 앙천회류장에 휘말린 오관의 창이 부러질 것처럼 휘어졌다.

허공에 떠 있는 오관의 두 눈이 튀어나올 것처럼 커진 순간, 북궁천이 좌수를 뒤집으며 장을 권으로 바꾸어 내질렀다.

콰앙!

"크억!"

비명을 내지른 오관이 삼 장을 날아가 땅에 처박혔다.

내로라하는 절정고수 둘이 단 일격에 항거 불능이 되자 군웅들의 안색이 급변했다.

"맙소사! 저렇게 강했단 말인가?"

"소문보다 더하군."

쿵!

북궁천이 다시 한 걸음 앞으로 내디뎠다.

쏴아아아아!

숨 막히게 하는 기운이 전방을 향해 밀려갔다.

북천명왕공이 실린 일 보를 내디딘 그가 등조립과 구양환을 향해 검을 돌렸다.

"애꿎은 사람들을 내세우지 말고 그대들이 나서라!"

해일처럼 밀려드는 가공할 거력!

군웅들은 자신도 모르게 숨을 멈추고 뒤로 한 걸음 물러섰다.

등조립과 구양환, 선우명도 예외가 아니었다.

등조립은 자신이 물러났다는 사실이 자존심 상한 듯 코웃음 치며 앞으로 나섰다.

"흥, 정말 광오한 놈이로군. 네놈이 강하다는 건 익히 알고 있다만, 오늘 이곳을 빠져나가지는 못할 것이다!"

"자신 있으면 덤벼 봐라!"

"오냐, 이놈!"

나선 이상 물러설 수도 없는 상황.

등조립은 구양신공(九陽神功)을 끌어 올리고 땅을 박찼다.

북궁천을 향해 날아가며 내뻗는 그의 쌍장에서 광폭한 열기가 쏟아졌다.

콰아아아아!

북궁천은 밀려드는 등조립의 장세를 향해 북성팔검 중 세 번째 초식, 단천삼광(斷天三光)을 펼쳤다.

쭉 뻗어 나간 세 줄기 묵빛 검강이 허공을 삼단으로 갈랐
다.

쩌저적!

광폭한 기세로 덮쳐들던 열양강기가 종잇장처럼 갈라진
순간, 두 기운이 뒤엉키며 강력한 폭발이 일었다.

콰광!

일성 굉음과 함께 두 사람 주위로 강기의 폭풍이 일었다.

등조립은 충돌의 충격으로 튕겨지고, 북궁천은 우뚝 선 채
로 발밑에 골을 파며 두 자가량 밀려났다.

이 장을 날아가 내려선 등조립은 얼굴이 일그러진 채 이를
악물었다.

단 일초의 대결.

그것만으로도 자신의 비세를 느낀 그는 새삼 백리진과 관
호명이 왜 북궁천을 높이 사는지 이해할 수 있었다.

'빌어먹을! 이게 무슨 창피인가!'

자존심이 상한 그는 공력을 구성까지 끌어 올렸다.

바람도 없는데 그의 옷자락이 펄럭이고 전신에서 강렬한
열기가 솟구쳤다.

북궁천은 오롯이 서서 검을 앞으로 내밀었다.

묵혼의 검첨에서 묵빛 검강이 회오리치며 뻗었다.

찰나, 등조립이 북궁천을 향해 날아갔다.

"이놈! 어디 이것도 받아 봐라!"

“얼마든지!”

북궁천은 북성팔검으로 등조립을 상대했다.

예전의 공력을 되찾았을 뿐만 아니라, 정체 모를 알 덕분에 전보다 공력이 더 강해진 그였다.

등조립만 이기면 끝나는 일이 아닌 만큼 공력을 아끼기 위해서라도 삼대패천검공은 자제했다.

쩌저저적!

등조립은 묵빛 검강이 뇌전처럼 짓쳐 들 때마다 숨이 턱턱 막혔다.

구성의 공력을 끌어 올렸음에도 상대의 검은 거침없이 그의 장세를 파고들었다.

콰광! 떠더뎅!

두 사람의 기운이 뒤엉키며 충돌하자, 젖은 땅이 폭죽처럼 터지며 허공으로 튀었다.

단 삼초의 격돌.

안색이 창백해진 등조립은 이를 악물고 전 공력을 끌어 올렸다.

구양환은 등조립의 표정을 보고 입술을 지그시 깨물었다.

‘놈을 죽이지 못하면 본 궁의 체면이 무너진다. 무슨 수를 써서라도 반드시 죽여야 해!’

그 때였다.

콰아앙!

또다시 굉음이 터지는가 싶더니, 등조립이 뒤로 주르륵 십여 걸음이나 물러났다.

가슴의 옷자락이 기의 여파에 휘말려서 너덜너덜해진 상태, 창백해진 얼굴, 입가에는 핏기마저 보였다.

구양환이 더 참지 못하고 몸을 날렸다.

"등 형! 내가 상대해 볼 테니 물러나시오!"

그런데 선우명도 도를 빼 들고 함께 나섰다. 천군호만이 무거운 표정으로 그 자리에 서 있을 뿐.

구양환은 선우명의 합공을 묵인했다.

이제는 자존심을 생각할 겨를이 없었다. 상대는 혼자서 상대할 수 있는 자가 아니라는 걸 등조립을 통해 확인한 터다.

북궁천은 묵혼을 사선으로 든 채 턱을 쳐들고 오만한 표정으로 그들을 바라보았다.

"그대들은 처음부터 그래야 했다!"

"건방진 놈! 네놈은 절대 이곳을 벗어날 수 없을 것이다!"

일갈을 내지른 구양환이 등천검법을 펼치고, 선우명은 벽력신도를 펼치면서 북궁천을 좌우에서 합공했다.

뇌성벽력이 몰아치며 금방이라도 북궁천을 집어삼킬 것 같았다.

그러나 북궁천은 눈 하나 깜박이지 않고 그들의 공격을 정면으로 받아 냈다.

콰광! 떠더덩!

구양환과 선우명은 북궁천과 부딪치고 나서야 등조립의 심정을 이해할 수 있었다.

천하를 오시하는 그들이 합공하고도 우세는커녕 격돌의 충격에 숨이 막힐 지경이었다.

대체 저놈의 강함은 어디까지란 말인가!

그들이 비세를 보이자 물러서 있던 등조립마저 합공에 가세했다.

세 사람의 합공은 천지를 뒤집어엎을 것처럼 가공스런 위력을 발휘했다.

등조립과 구양환은 적수를 찾기 힘든 절대고수다.

선우명이 조금 떨어지긴 해도 그리 큰 차이는 아니다.

그들 셋과 비등한 싸움을 벌이는 북궁천을 보고 군웅들은 아연실색했다.

그런데 네 사람의 경천동지할 격전이 십여 초를 넘어갈 즈음, 건신대주 시용화가 명령을 내렸다.

"검신대원들은 서문려려를 잡아라!"

그의 명령에 검신대원 다섯이 마차를 향해 몸을 날렸다.

마차를 지키고 있는 자들이 단화린의 아우들이라 하나 우려할 만한 자들은 아니었다.

북궁천에게 동료 다섯을 잃은 그들은 살기를 일으키며 이정한 등을 공격했다.

공손설이 기겁해서 소리쳤다.

"그만둬요! 숙부, 저들을 막아요!"

그런데 무림맹 고수들 중 몇 사람이 그들과 격전장 사이를 막았다.

"아미타불. 염 시주, 빈승은 불미스러운 일이 발생하는 걸 바라지 않소. 이번 일에 나서지 마시구려."

소림 장로인 공선 대사의 말에 염구악은 눈살을 찌푸렸다.

하는 행태가 마음에 들지 않았지만 나서기도 애매했다.

삼성궁과 무림맹에서 나선 일이다. 북궁천과 절친한 사이도 아닌 그로선 위험을 감수하면서까지 끼어들고 싶지 않았다.

"설아야, 조금 더 두고 보자."

"숙부!"

"노부에게는 너의 안전이 최우선이니라. 그리고 삼성궁과 무림맹의 행사에 끼어들면 본 성의 위치가 애매해진다. 무슨 말인지 알겠지?"

공손설은 안절부절못했다.

그녀가 어찌 염구악의 말뜻을 모를까?

알기에 더 답답하고 조마조마했다.

한편, 이정한은 검신대 무사들이 공격하자 악을 쓰며 검을 들었다.

"놈들을 막아!"

동호량과 초강, 이조량도 이를 악물고 그들을 막았다.

일취월장한 그들의 무위는 예전과 확연히 달랐다.

비록 공력이 부족해서 절정고수를 상대할 정도는 아니었지만, 일류 수준에는 이른 터였다.

더구나 이조량은 일류 중에서도 중급 수준에 이르러 있었다.

하지만 상대는 삼성궁주의 직속 호법무사대인 검신대였다. 이조량만 약간 우세할 뿐 이정한 등은 방어하는 것조차 쉽지 않았다.

거기다 하나 많은 상대의 숫자는 이정한 등을 궁지로 몰아넣기에 족했다.

십초식쯤 흐를 때 검신대원의 검이 동호량의 어깨를 깊게 갈랐다.

"크윽!"

눈을 홉뜬 동호량은 피가 나도록 입술을 깨물었다. 그러나 그는 물러서지 않고 자신의 사리를 지켰다.

"사제!"

이정한이 악을 쓰며 미친 듯이 검을 휘둘렀다. 초강도 장과 권을 섞어 펼치며 길을 열어 주지 않았다.

두 사람 역시 여기저기 입은 상처에서 피가 배어 나오며 온몸이 붉게 물들어 갔다.

이정한은 뺨까지 사선으로 갈라져서 얼굴이 온통 피로 물들었다.

그러나 그들은 물러서지 않고 목숨을 내걸고 검신대의 전진을 막았다.

"우리를 죽이기 전에는 어림도 없다!"

"비겁한 놈들! 얼마든지 덤벼라!"

격전이 점점 더 격렬해지자, 헌원려려가 쓰러져 있는 검신대원의 검을 주워 들었다.

그녀에게는 삼성궁과 싸워선 안 될 이유가 두 가지나 있었다. 하지만 자신 때문에 북궁천의 아우들이 다치는 것 또한 원치 않았다.

당장은 눈앞의 일부터 해결하는 게 순서.

입술을 깨문 그녀는 더 이상 망설이지 않고 격전장으로 뛰어 들었다.

"제가 한 사람을 맡을 테니 자신의 상대에 집중하세요!"

누가 뭐래도 그녀는 검원장의 여주인이다.

지금까지 검을 들지 않았을 뿐, 일류 수준에 턱걸이는 할 수 있는 실력이었다.

그녀가 가세하자 상황이 역전되었다.

검신대원들도 헌원려려에게만큼은 함부로 손을 쓰지 못했다. 그녀는 서문각의 양녀. 서문각과 포원산장을 생각해서라도 상처를 입히면·안 되었다.

그런데 헌원려려가 검신대원 하나를 몰아붙이며 이정한 등과 멀어졌을 때였다.

눈치만 보던 검신가의 장로 나홍문이 슬그머니 헌원려려의 측면으로 돌아갔다.

그는 헌원려려와의 거리가 삼사 장으로 줄어들자 눈빛을 번뜩이며 땅을 박찼다.

당황한 헌원려려는 두어 걸음 물러나며 나홍문의 공격을 막았다.

그러나 나홍문의 무공은 그녀에 비할 바가 아니었다.

그녀가 검원장의 독문검법인 대원검법으로 나홍문의 공격을 막았지만, 격전 경험이 거의 없는 그녀는 나홍문의 변화무쌍한 공격에 금방 손발이 어지러워졌다.

그러다 어느 순간, 나홍문의 강력한 검격을 견디지 못한 그녀의 검이 손에서 벗어나 허공으로 날아갔다.

나홍문은 득의의 웃음을 지으며 그녀에게 다가갔다.

"서문 장주의 얼굴을 봐서 해를 입히지 않을 테니 대항을 포기해라."

공손설이 그 모습을 보고 놀라서 염구악을 향해 소리쳤다.

"숙부!"

꾹 참고 있던 염구악은 장로라는 작자가 기습 공격을 해서 헌원려려를 몰아붙이자 노성을 내지르며 몸을 날렸다.

"나홍문! 강호의 고수라는 작자가 힘없는 여인을 핍박하다니! 창피하지도 않느냐?"

앞을 막고 있던 무림맹 사람들을 훌쩍 뛰어넘은 그는 나홍문을 향해 쌍장을 휘둘렀다.

헌원려려를 잡는다 해도 자신 역시 염구악의 장력을 피할 수 없을 터. 나홍문의 얼굴이 일그러졌다.

'저 빌어먹을 늙은이가!'

속으로 이를 간 그는 급히 몸을 틀어서 염구악의 공세를 벗어났다.

그 순간, 눈치만 보던 자들 중 또 한 사람이 헌원려려의 좌측으로 슬그머니 움직였다.

용운신장(龍雲神掌) 공우손. 그는 삼성궁에 빈객으로 있는 자였다.

헌원려려가 그의 접근을 눈치채고 급히 고개를 돌린 순간, 이 장 거리까지 접근한 공우손이 몸을 날리며 쌍장을 휘둘렀다.

피하기에는 이미 늦은 상황.

헌원려려는 이를 악물고 상대의 장력을 맞받아쳤다.

그러나 나홍문의 공격을 받아, 내기가 진탕된 그녀의 능력으로는 공우손의 용운장법을 감당하기에 역부족이었다. 더구나 자신의 장기인 검도 아닌 장법으로는 더욱더 무리였다.

쾅!

헌원려려의 몸이 마차와 거세게 부딪치고는 한쪽으로 나뒹굴었다.

공손설이 발을 동동 구르며 소리쳤다.

“언니! 두 분이 도와줘요!”

엽청문과 능소소가 반사적으로 몸을 날렸다.

공우손은 득의의 웃음을 지으며 재빨리 물러났다.

'후후후, 사람은 기회를 잘 노려야 하지.'

그 때였다.

경천동지의 격전을 벌이고 있던 북궁천이 그 모습을 보고는 하늘로 솟구쳤다.

허공으로 오 장가량 솟구친 그는 승천무풍행을 펼쳐서 헌원려를 향해 날아갔다.

셋이 합공하고도 막상막하였던 터. 북궁천의 가공할 무위에 질려 있던 세 사람은 그가 몸을 빼는 것을 보고도 바로 쫓지 못했다.

“네가 감히 누구를 해한단 말이냐!”

화산처럼 분노를 토한 북궁천은 마차 쪽으로 날아가며 검을 뻗었다.

검강지기가 회오리처럼 휘돌며 공우손을 향해 뻗어 갔다.

“헉!”

숨이 턱 막힌 공우손은 황급히 땅을 박차고 옆으로 몸을 날렸다.

그러나 분노한 북궁천은 그가 도망가도록 놔두지 않았다.

그가 검첨을 틀자, 가공할 검강의 회오리가 방향을 틀더니 공우손의 가슴을 꿰뚫어 버렸다.

“크억!”

비명을 내지른 공우손은 피분수를 뿌리며 이 장을 날아가더니 땅에 머리부터 처박혔다.

용운신장 공우손이 도주하다가 가슴이 뚫려 죽다니!

그 광경에 이조량 등을 공격하던 자들도 지레 놀라서 뒤로 물러났다.

마차 옆에 내려선 북궁천은 움직임이 없는 헌원려려를 급히 끌어안았다.

“괜찮으냐? 정신 차려라, 려려!”

그의 품에 안긴 헌원려려의 눈꺼풀이 잘게 떨렸다.

머리가 어질어질했다. 정신이 아득해졌다.

그녀는 혼신의 힘을 다해 정신을 차리려 했다.

정신을 잃기 전에 반드시 말해 줘야 할 것이 있었다.

‘아, 아이를 찾아야……’

그런데 입을 막 여는 순간 머릿속이 하얘졌다.

“진아를……”

입을 달싹거리던 그녀는 겨우 한마디 내뱉고 정신을 잃었다.

“뭐? 뭐라고? 누구? 려려, 정신 차려 봐!”

북궁천이 다급하게 되묻는 사이, 삼성궁과 무림맹, 강호의 명숙들이 십 장의 거리를 두고 마차를 에워쌌다.

믿기 힘든 일이 눈앞에서 벌어졌다.

중원에서 적수를 찾기 힘든 세 고수가 합공하고도 이기지 못하다니!

그토록 가공할 실력을 지닌 마도의 절대고수를 이대로 보낼 수 없었다.

북궁천은 헌원려려를 조심스럽게 들어서 마차 안에 내려놓고 돌아섰다.

돌아서는 그의 두 눈에서 분노가 이글거렸다.

"그대들은 북천궁을 마궁이라 부를 자격이 없다!"

냉랭히 일갈한 북궁천은 이정한 등을 둘러보았다.

"아우들, 아무래도 아우들까지 모두 보살필 수는 없을 것 같다. 아우들에게 죄가 있다면 나를 따라온 죄뿐! 저들에게 조금이라도 양심이 남아 있다면 아우들을 죽이지는 않을 것이니 검을 놓고 뒤로 물러서라!"

피로 범벅된 이정한이 웃음을 지으며 말했다.

"대형, 저희 걱정은 마십시오! 대형과 함께라면 지옥인들 못 가겠습니까? 저희들은 저 위선에 찬 자들과 싸우다 죽겠습니다! 능 소저! 아무래도 제 마음은 다음 생에서나 보여 드려야 할 것 같습니다."

이정한의 마지막 말에 능소소의 눈빛이 파르르 떨렸다.

처음부터 나서서 싸우고 싶었다.

하지만 그녀는 철군성의 사람. 처음에는 철군성이 휘말려 들까 봐, 염구악이 나선 후로는 공손설이 다칠까 봐 나서지 못했다.

그런데 이정한의 피로 물든 얼굴을 보니 제때 나서지 못한 게 미안하기만 했다.

'살아, 불구가 되어도 반드시 살아 있기만 해. 그러면 당신 마음 받아 줄 테니까.'

숨 막히는 긴장감이 군웅들의 가슴을 짓누를 즈음, 북궁천이 천천히 검을 들어 올리며 소리쳤다.

"덤벼라! 하늘에 맹세하노니, 내 아우의 목숨 하나에 천 명의 피가 중원에 뿌려질 것이다!"

군웅들의 표정이 바위처럼 굳어졌다.

한마디 한마디가 천공을 울릴 때마다 숨 쉬기가 힘들 정도로 가슴이 조여졌다.

하지만 그 와중에도 조금씩, 조금씩 포위망을 좁혔다.

바로 그 때!

"그만해요!"

공손설이 악을 쓰듯이 외쳤다.

북궁천을 향한 포위망을 좁히던 자들이 움찔하며 멈춰 섰다.

그러나 목소리의 주인이 어린 공손설이란 걸 알고 다시 포위망을 좁혔다.

그녀의 외침을 단순히 감정이 격해져서 그런 것이라 생각한 것이다.

그런데 섬섬옥수를 움켜쥔 공손설이 커다란 눈을 치켜뜨고 또박또박 입을 열었다.

"해볼 테면 해보세요! 지금부터 오빠를 공격하는 문파는 철군성을 적으로 삼겠다는 뜻으로 알겠어요! 두고 보세요, 제 말이 거짓인지! 철군성 이천 무사가 황하를 건너와서 그 문파만큼은 주춧돌 하나 남기지 않고 철저히 파괴하고 말 거예요!"

군웅들은 자신도 모르게 흠칫했다.

철군성의 공녀인 공손설의 입에서 나온 말이다. 어린 소녀의 허세로 치부하기에는 너무나 소름 끼치는 독설.

구양환이 이를 지그시 악물고 그녀에게 말했다.

"저자는 북천마궁의 마인이다. 저자를 위해서 철군성이 우리와 싸우기라도 하겠다는 것이냐?"

공손설이 한기가 풀풀 날리는 표정으로 대답했다.

"이미 저는 제 결심을 밀했어요! 삼성궁이라 해도 두렵지 않아요! 아마 공격을 계속하려면 저까지 죽여야 할 거예요!"

예상치 못한 그녀의 강력한 반발에 구양환의 눈빛이 흔들렸다.

천사교와 싸워야 하는 상황에서 철군성을 적으로 돌리는 것만큼 어리석은 일은 없었다.

더구나 공손설의 말에 무림맹의 장로와 강호명숙들이 눈치를 보며 슬금슬금 물러서고 있지 않은가.

‘빌어먹을!’

그 때였다.

“멈추시오!”

겨울 하늘을 뒤흔드는 고함과 함께 이십여 명이 서남쪽의 언덕을 넘어왔다.

그들을 본 구양환의 얼굴이 일그러졌다.

선두에서 달려오는 자는 사공강후였다. 단화린과 가까운 사이여서 배제했는데, 자신들의 목적을 눈치채고 쫓아온 듯했다.

그리고 영진으로 갔던 임강령이 유원당과 함께 달려오고 있었다.

바라보고 있는 동안 그들이 포위망 바깥에 도착했다.

“이게 어찌 된 일입니까, 궁주?”

사공강후가 먼저 구양환을 직시한 채 물었다.

구양환이 목소리에 힘을 주고 대답했다.

“단화린은 북천마궁 사람인 장추람이네. 알고 보니 북천마제의 명령을 받고 서문려려를 빼내가기 위해서 본 궁에 들어온 것이지 뭔가. 단화린이 직접 시인했으니 그에 대해선 더 물을 것도 없네.”

사공강후의 표정이 굳어졌다. 단화린이 직접 말했다면 의심할 것도 없었다.

“좋습니다. 단 형이 북천궁의 사람이라 칩시다. 그리고 서문 소저를 빼내기 위해 삼성궁에 들어갔다고 합시다. 그게 목숨을 걸고 싸울 이유가 된다고 보십니까?”

“흥! 자네가 왜 북천마궁의 마인을 감싸는 건가? 그동안 가깝게 지낸 걸 알지만 지나친 것 아닌가? 사공 회주가 알면 뭐라고 할지 모르겠군.”

구양환은 천무회주 사공력까지 들먹이며 사공강후를 압박했다.

그러나 사공강후는 조금도 물러서지 않았다.

“단형이 북천궁 사람이면 어떻습니까? 단 형이 저희에게 피해를 줬습니까? 오히려 단 형은 천사교와의 싸움에서 막대한 도움을 줬습니다. 덕분에 수백 명이 살았지요. 궁주님의 마음을 모르는 바는 아니지만 은혜를 칼로 갚는 것은 아니라고 봅니다만.”

구양환은 사공강후를 노려보며 움켜쥔 주먹을 잘게 떨었다.

‘건방진 놈이 감히!’

그런데 이번에는 임강령마저 나섰다.

“제가 봐도 단 공자에겐 죄가 없습니다. 이번 일은 궁주께서 성급하게 처리하신 것 같습니다.”

그 말에 창백한 얼굴의 선우명이 발끈해서 소리쳤다.

“봉공! 봉공은 대체 어느 곳에 속한 분이오? 저자와 가깝게 지내는 것도 못마땅한데, 이제는 대놓고 궁주의 의견을 무시하겠다는 거요?"

임강령이 그를 바라보며 무심한 어조로 말했다.

"제 말이 듣기 싫다면 할 수 없지요. 천사교와의 싸움에는 계속 참가하겠지만, 오늘 이 시간부터는 삼성궁을 떠나 개인 자격으로 참가하겠습니다."

그가 강하게 나가자 구양환이 화들짝 놀라서 상황을 수습했다.

"어허, 봉공. 봉공이야말로 너무 감정적이네. 선우 가주가 아들을 잃다 보니 감정이 격해져서 그런 것 아닌가? 더구나 중아의 죽음이 단화린의 짓일 가능성이 많다 보니……"

"선우중이 단 공자의 손에 죽었다는 증거가 있습니까?"

"아직 확실치는 않네만 심증은 확실하네. 그래서 철은보로 데려가 조사를 하려고 했는데 반발하는 바람에 싸움이 난 거네."

구양환은 교묘하게 말을 돌려서 북궁천을 범인처럼 몰아갔다.

그 때 유원당이 담담한 표정으로 물었다.

"궁주께서는 범인이 선우중을 어떻게 살해했는지 아십니까?"

"검으로 등을 찔렀더군. 밖에서 벽을 뚫고 찌른 것 같네."

"맞습니다. 범인은 검으로 한 자 두께의 벽을 뚫고, 움직이지 못하는 선우중의 등을 찔렀더군요. 그런데 흔적을 자세히 살펴보니 폭이 한 치 다섯 푼이었습니다. 반면 단 공자의 검은 두 치가 넘습니다. 제 눈이 잘못된 게 아니라면 범인의 무기와 단 공자의 검은 분명 다릅니다. 물론 폭이 좁은 검을 구해서 범행에 사용했을 수도 있겠지요. 그럼 그 협봉검은 찾아보셨습니까?"

"그건 아직……."

"그런 증거도 없이 대체 무엇을 근거로 단 공자가 선우중을 살해했을 가능성이 많다고 하시는지 이해할 수가 없군요. 선우중을 살해하는 것이 서문 소저를 빼내는데 도움이 된다면 또 모르겠습니다. 하지만 아무리 생각해도 이익 될 게 조금도 없을 것 같습니다만."

반박하기가 어려워진 구양환은 이지러진 표정으로 침음을 흘렸다.

"으음, 마음이 급하다 보니 그것까지는 미처 생각하지 못했네."

유원당은 그쯤에서 구양환을 얼렀다.

"궁주, 이번 일은 이쯤에서 끝내시는 게 어떻겠습니까?"

"끝내자고? 본 궁의 무사들이 죽은 게 보이지 않는가?"

"그들의 죽음이 안타깝긴 하지만 처음부터 잘못 꿰어진 일로 인해서 벌어진 일입니다. 그 정도는 궁주께서도 양보하시지요."

구양환의 눈썹이 씰룩였다.

"그만한 대가를 치른다면 생각해 보지."

유원당은 차분하게 가라앉은 눈으로 자신의 생각을 말했다.

"선우중은 죽고, 범인이 단 공자라는 증거는 어디에도 없습니다. 그리고 소궁주는 무공을 잃고 정신마저 이상 증세를 보이고 있습니다. 지금 저희끼리 싸워 봐야 천사교만 좋아질 일. 제 생각으로는, 음마 문제를 이쯤에서 매듭지으면 어떨까 합니다만. 어떻게 생각하십니까?"

음마 문제를 매듭짓는다?

그렇다면 구양환도 큰 불만은 없었다.

최소한 구양우경의 목숨은 구할 수 있으니까. 삼성궁의 체면도 더 바닥으로 떨어지진 않을 것이고.

철군성과 천무회를 적으로 삼는 것보다는 백배 나은 결과다.

또한 저 두려울 만큼 강한 놈과 더 싸워 봐야 피해만 커질 터. 적당한 선에서 물러나는 게 나을 듯했다.

만에 하나 북천마제가 분노한다 해도 그 일은 두렵지 않았다. 그에게는 최후의 패가 있지 않은가?

"으음, 하긴 천사교와의 싸움을 앞두고 더 이상 피를 흘리는 것은 어리석은 일이지. 좋네, 자네의 의견대로 하세."

유원당은 그를 향해 포권을 취하고 북궁천을 향해 고개를 돌렸다.

"단 공자의 마음을 내 어찌 모르겠는가? 하지만 헌원 소저를 위해서라도 오늘은 이만하는 게 어떻겠는가?"

임강령도 초조한 표정으로 입을 열었다.

"단 공자, 어서 헌원 소저와 아우들을 데려가서 치료부터 하게. 오늘 일에 대해선 나중에 이야기해도 되지 않겠나?"

북궁천은 삼성궁이고 뭐고 모조리 쓸어버리고 싶었다.

그러나 헌원려려와 아우들의 상처를 치료하는 일이 더 급했다.

오늘 일은 나중에 따져도 될 터.

그는 만장 해저처럼 깊은 눈으로 유원당과 임강령을 바라보며 말했다.

"오늘은 려려 때문에 그냥 갑니다만, 잊지 마십시오. 만약 려려에게 무슨 일이 생기면…… 중원은 만인의 목숨으로 빚을 갚아야 할 것입니다."

오만함을 넘어서 광오함마저 느껴지는 말투.

그의 말에 군웅 몇 명이 불쾌한 표정을 지었다.

하지만 임강령과 유원당은 그의 말이 사실이 될 수도 있다는 걸 알기에 가슴이 무겁기만 했다.

"서문 소저는 괜찮을 거네. 너무 걱정 말게."

"우리는 갈 테니 빨리 소저를 치료하시게."

유원당은 시간을 오래 끌지 않았다.

단화린이 북천마제 본인이라는 게 밝혀지기라도 하면 일이

걷잡을 수 없이 커질 게 분명했다.

그 전에 마무리 지어야 했다.

─내 뜻을 받아 줘서 고맙네.

착잡한 표정으로 전음을 보낸 그는 몸을 돌려서 군웅들을 재촉했다.

"천사교가 언제 공격할지 모릅니다. 그만 가시지요. 무사들은 어서 시신을 챙기게!"

사공강후는 돌아서기 전 북궁천을 향해 포권을 취했다.

"나는 단 형을 마인이라 생각지 않소. 다음에 만나면 코가 삐뚤어지도록 술에 취해 봅시다."

북궁천은 무거운 표정으로 고개를 끄덕였다.

"그것도 좋지."

"그럼 이만 가 보겠소. 부디 서문 소저도 빨리 나으시길."

군웅들은 걱정과 안도가 뒤섞인 표정으로 격전장을 떠나갔다.

북궁천은 떠나가는 그들을 분노가 얼어붙은 눈으로 바라보았다.

'그대들은 이제부터 려려가 낫기만 기도해야 할 것이다. 내가 미쳐 버리면, 하늘이 핏빛으로 물들 테니까.'

第八章

백미신의(白眉神醫) 황유

　유원당과 임강령이 군웅들을 재촉해서 격전장을 떠나가자마자 북궁천 일행은 치료를 서둘렀다.

　능소소와 엽청문이 재빨리 달려들어서 이정한을 비롯한 네 사람의 상처를 치료했다.

　마침 이정한 등에게 회룡당 무사가 상비하고 다니던 금창약이 있어서 다행이었다.

　능소소가 금창약을 바르고 옷자락을 찢어 상처를 감싸자, 이정한은 생살이 찢어지는 고통도 꾹 참고 그녀만 바라보았다.

　그사이 북궁천은 마차 안에서 헌원려려의 상태를 살펴보

았다.

강력한 장력에 장부가 꼬이고 부어 있었다. 생각했던 것보다 내상이 심각하긴 했지만 크게 염려할 정도는 아니었다.

그런데 문제는 마차와 부딪치며 다친 머리였다.

겉으로 보기에는 큰 이상이 없어 보였다.

하지만 머리의 경맥을 살펴보니, 독맥의 풍부혈이 탁하게 막혀 있고, 뇌호혈 주위도 상당한 충격을 받은 듯 부풀어 있었다.

아무래도 그것 때문에 정신을 잃은 듯했다.

그는 일단 헌원려려의 장부부터 안정시키고 막힌 혈도를 뚫었다.

일각가량 지나자 뒤엉켰던 장부가 제자리를 되찾고, 막히고 부었던 혈도도 실낱같은 진기가 통과할 정도로 회복되었다.

그러나 헌원려려는 여전히 깊은 잠에 빠진 사람처럼 정신을 차리지 못했다.

"어떻게 된 거지?"

북궁천의 이마에 골이 파이자, 밖에서 초조한 표정으로 지켜보던 공손설이 물었다.

"언니는 어때요?"

"일단 심각한 상태는 모면했다만 정신을 차리지 못하고 있다. 아무래도 머리를 다친 것 때문에 그런 것 같아. 가면서 상태를 봐 어떻게 할 것인지 결정해야겠다."

그 때 염구악이 말했다.

"황하를 건널 때까지 차도가 없으면 왕옥산 백의곡(白醫谷)을 찾아가세. 백미신의(白眉神醫) 황유라면 방법이 있을 거네."

"백미신의 황유?"

"중원에서 제일가는 신의라고 할 수 있지."

'중원제일신의라면 이 정도는 고칠 수 있겠지.'

그런 생각이 든 북궁천은 묵묵히 고개를 끄덕였다.

염구악은 슬쩍 그의 표정을 살피며 머쓱한 표정으로 말했다.

"처음부터 도와주지 못해서 미안하네. 이해해 주게."

"신경 끄쇼. 노인장 사정은 나도 이해하니까. 그리고 꼬맹아, 너 어쩌자고 그렇게 함부로 나서냐? 그러다 정말 다치면 내가 미안하잖아?"

공손설이 그 말을 듣고 입술을 삐죽였다.

'쳇, 그냥 고맙다고 말하면 입술에 털 나나?'

*   *   *

그날 밤. 호연유는 상남의 소식을 듣고 만족해했다.

"놈이 떠났다고? 그거 잘됐군. 죽이지 못한 게 아쉽지만 그 정도면 반은 성공했다고 봐야겠지.”

“그놈에게 삼성궁의 무사가 다수 죽고, 천무회와 무림맹 등 다른 세력과 삼성궁 사이에 간극이 생겼습니다. 어떻게 하시겠습니까, 소존. 절호의 기회로 보입니다만.”

“혈뇌는 지금 적산채에 있소?”

“그렇습니다, 소존.”

단풍의 북동쪽에 있는 적산채는 연합 세력을 끌어들여 몰살시키려다 실패했던 바로 그 산채였다.

혈뇌 사야승은 오백의 역천군과 함께 그곳에 웅크리고 있었다.

“혈뇌에게 연락하시오.”

*　　*　　*

공손설이 질문을 던진 것은 만 하루가 지난 후였다.

북궁천이 자신의 진기로 헌원려려의 내상을 다스리고는 걱정스런 표정으로 바라보는데 그녀가 슬며시 물었다.

“오빠, 이름이 진짜 장추람이에요?”

질문을 던진 그녀는 초롱초롱한 눈으로 북궁천을 바라보았다.

북궁천은 착잡한 표정으로 반문했다.

“뭘 알고 싶은 거냐?”

"정말 궁금해서 그래요."

"왜 아닐 거라고 생각한 거지?"

"언니를 미치도록 좋아한 사람이 북천마제 말고 또 있다는 게 신기해서요."

"신기하긴 뭐가 신기해? 다른 사람이 좋아하면 안 되냐?"

"안 될 것은 없는데, 북천마제가 좋아한 사람을 다른 곳도 아닌 북천궁의 또 다른 사람이 좋아할 수 있다는 게 이해가 안 돼요. 제가 아는 북천마제는 절대 그걸 허락할 사람이 아니거든요."

"북천마제가 허락하든 말든 좋아하면 좋아하는 거지."

"북천마제가 가만두겠어요?"

"북천궁으로 안 가면 되지."

"그럼 어디로 가실 건데요?"

"태행산 깊숙이 숨으면 못 찾겠지."

"정말 북천궁으로 가지 않을 거면, 차라리 우리 절군성으로 가요. 어때요?"

"싫다. 나는 조용한 곳에서 살고 싶어."

"그럼 저도 같이 가요."

"너 같은 꼬마 데리고 가서 뭐하게? 헛소리 말고 얌전히 돌아가. 공손 성주가 너 찾는다고 들쑤시면 나만 괴로우니까."

"데리고 가지 않으면…… 북천궁에 사람을 보내서 북천마제에게 이를 거예요.”

북천마제에게 이르는 것은 조금도 두렵지 않았다. 하지만 사대원로가 알고 득달같이 쫓아오는 것은 조금 껄끄러웠다.

“그럼 더 깊숙이 숨어야겠군. 아예 강남으로 도망갈까?”

시무룩해진 공손설이 북궁천을 힐끔거리며 다시 물었다.

“오빠, 진짜로 솔직히 말해 봐요. 장추람 아니죠?”

“그걸 왜 자꾸 물어?”

“혹시…… 오빠가 진짜 북천마제 아니에요?”

“내가 그렇게 포악하고 무시무시한 사람처럼 보여?”

“하긴 그건 그러네요. 북천마제는 인정머리도 없고, 무식하고, 못생긴 데다가 살만 돼지처럼 찐 포악한 사람이라고 하던데. 그래서 여자들도 싫어하고요. 그러고 보면 언니가 북천마제를 싫어한 것도 당연해요.”

북궁천이 슬쩍 고개를 돌려서 공손설을 째려보았다.

“네가 뭘 안다고?”

“저도 알 건 다 안다니까요?”

“네가 북천마제를 봤어?”

“보진 못했지만 다들 그렇게 알고 있잖아요. 때지도 않은 굴뚝에서 연기가 나오겠어요? 그런데 왜 오빠가 화내세요?”

“야 인마! 너에게 얼굴도 못생기고, 성질은 사갈 같고, 살만 돼지처럼 찐 멍청한 계집애라고 하면 좋겠냐?”

공손설은 눈도 깜박이지 않고 북궁천을 빤히 쳐다보았다.

어느 정도 확신을 갖고 묻긴 했다. 슬쩍슬쩍 약 올린 것도 다 목적이 있어서다.

하지만 단화린이 진짜 그 무시무시하다는 북천마제 북궁천이라니.

북궁천은 손을 뻗어서 공손설의 머리를 확 흐트러뜨리고는 착잡한 표정으로 말했다.

"이제 알았으면 조용히 돌아가. 나는 려려 때문에 정신이 없으니까. 알았어?"

하지만 공손설은 대답하지 않았다. 그녀는 북궁천을 포기하고 싶은 마음이 눈곱 반쪽만큼도 없었다.

'오빠가 아무리 그래도 전 포기하지 않아요.'

"왜 대답이 없어?"

"전 그만 나가 볼게요."

공손설은 배시시 웃으며 마차를 나왔다.

염구악과 엽청문, 능소소가 얼이 빠진 표정으로 마자를 바라보고 있었다.

그들도 공손설과 북궁천의 대화를 모두 들은 것이다.

*   *   *

북궁천 일행이 황하 변의 송하진에 도착한 것은 상남을 떠난 지 사흘째 되던 날 신시 초였다.

마음이 급한 북궁천이 마차를 밀면서 속도를 높인 덕에 예정보다 이틀이나 빨리 도착한 것이다.

헌원려려는 그때까지도 깨어날 기미를 보이지 않았다.

겉으로 표를 내진 않았지만 북궁천은 말할 수 없이 답답했다.

송하진까지 오면서 시간이 날 때마다 자신의 진기로 헌원려려를 치료했다. 덕분에 내상은 완전히 나아서 정신만 차리면 당장 뛰어다닐 수 있을 정도였다.

그런데 대체 어디가 어떻게 되어서 정신을 차리지 못하는 걸까?

이상이 있는 곳을 알면 어떻게든 해 보겠는데, 알 수가 없으니 속만 탔다.

더구나 물이야 어떻게 먹인다지만 음식은 어떻게 할 수가 없었다. 그녀의 얼굴이 말라 가는 게 눈으로 보이는 듯했다.

그래도 간혹 발생하는 멋쩍은 경우는 능소소가 그녀의 수발을 들어 주어서 다행히 해결되었다.

북궁천 일행은 마을을 가로질러 선착장 쪽으로 갔다.

그들은 일단 식사를 해결하기 위해 객잔에 자리를 잡고 도선이 언제 오는지 알아보았다.

굳이 밖으로 나가서 알아볼 것도 없었다. 점소이에게 묻자 걱정할 것 없다는 투로 말했다.

"아무 걱정 마십쇼. 빠르면 일각, 늦어도 반 시진이면 배가 들어옵죠. 천천히 식사를 하시고 배가 들어오면 그때 나가서 타시면 됩니다요."

그렇다면 걱정할 것 없었다. 그들은 몇 가지 요리를 주문하고 오랜만에 편하게 휴식을 취했다.

그사이 북궁천은 이 층의 방을 하나 빌려 헌원려려를 눕혔다.

마차 안은 아무래도 불편했다. 반 시진 정도에 불과하지만, 잠깐만이라도 편하게 눕혀 놓고 싶었다.

그는 이불을 가슴까지 끌어 올려 주고 나직이 뇌까렸다.

"려려, 조금만 기다려라. 무슨 수를 써서라도 너를 깨어나게 할 테니까."

잠시 헌원려려를 내려다보던 그는 그녀의 머리카락을 손으로 쓸어 올렸다.

피부가 너무 부드러워서 만지는 것조차 조심스러웠다.

'네가 원치 않으면 북천궁으로 돌아가지 않을 거다. 어디든 네가 원하는 곳에서 살자. 전에 아기 열 명 낳아 달라고 말한 거, 취소다. 생각해 보니까 네가 너무 힘들 것 같아. 그래도 셋은 낳자. 하나면 너무 심심할 것 같고, 둘은 매일 싸울 거 같아. 말릴 수 있는 애가 중간에 하나는 있어야지.'

잔잔한 미소를 지은 그는 천천히 고개를 숙였다.

잠들어 있는 것처럼 고요한 표정의 헌원려려가 바로 눈앞에 보였다.

갑자기 고막이 웅웅거렸다. 심장 박동이 열 배는 빨라진 것 같았다.

이러다 심장이 터지는 것 아닐까?

그런 엉뚱한 생각이 들 정도였다.

하지만 그는 필사의 노력(?)으로 그녀의 입술에 자신의 입술을 가져다 댔다.

솜처럼 부드러운 헌원려려의 입술에 자신의 입술이 닿은 순간 아무 생각도 나지 않았다.

그 순간만큼은 시간이 멈춘 듯했다.

＊　　＊　　＊

황하를 건넌 북궁천 일행은 곧장 왕옥산 백의곡으로 향했다. 염구악이 백의곡의 위치를 알고 있어서 찾아가는 데 어려움은 없었다.

백의곡은 오백여 년 전 구화자라는 도인이 세운 의문(醫門)으로 그동안 수많은 신의를 배출했다.

현재의 곡주는 백미신의 황유. 그의 이름 뒤에는 중원제일신의라는 명예로운 호칭이 항상 따라붙었다.

북궁천은 그가 헌원려려를 깨울 수 있기만 바랐다.

그조차 못 한다면 천하에서 누가 헌원려려를 깨울 수 있단 말인가.

그의 표정이 한시도 펴지지 않자 공손설이 그를 위로했다.

"오빠, 너무 걱정 말아요. 신의 어르신이라면 언니를 깨울 수 있을 거예요."

그러면 얼마나 좋을까?

제발 그래야 했다.

만약 그녀가 영원히 깨어나지 못한다면 자신은 다시 황하를 건널 것이다. 그리고 맹세한 대로 중원을 피로 물들일 것이다.

그 일을 막을 수 있는 사람은 천하에 오직 한 사람, 헌원려려뿐이었다.

백의곡으로 향하는 길은 마차가 충분히 지나갈 수 있도록 평탄하게 닦여 있었다.

아마도 환자들의 이동을 고려한 조치인 듯했나.

북궁천 일행은 마차를 몰고 바위와 소나무가 산수화처럼 어우러진 아름다운 계곡을 따라 안으로 들어갔다.

오 리쯤 들어가자 십여 채의 건물이 보였다.

건물 있는 곳까지 오십여 장 남았을 때 백의를 입은 무사들이 마차 앞을 막았다.

"어디서 오신 분들이십니까?"

"노부는 철군성의 염가라고 한다. 신의는 안에 계시느냐?"

철군성이란 말에 백의곡의 호위무사들의 머리가 반 자는
낮아졌다.

"계십니다. 한데 무슨 일로 오셨는지요?"

"무슨 일은 무슨 일, 환자가 있어서 왔지. 급한 환자이니
신의께 안내해라."

백색 의복을 입은 의원과 잡일을 하는 사람들이 건물과
건물을 오가고 있었다.

마차가 건물 앞 넓은 마당에 들어가 멈추자 사람들의 시
선이 일제히 마차를 향했다.

북궁천이 마차 문을 열자 능소소가 헌원려려를 조심스럽
게 안아서 건네주었다.

"따라오게."

염구악이 앞장서고, 헌원려려를 안아 든 북궁천이 뒤따라
갔다. 공손설은 북궁천 옆에 바짝 붙어서 종종걸음을 옮겼
다.

염구악은 중앙의 이 층 건물로 들어갔다.

안으로 들어가자 약향이 코를 찔렀다.

"허허허, 어쩐 일이신가? 약 냄새가 싫다며 십 년이 넘도록
한 번도 들르지 않았던 자네가 이곳에 오다니."

방 안 저 끝 쪽에 앉아 있던 눈썹이 하얀 노의원이 웃음으
로 염구악을 반겼다. 그가 바로 백미신의 황유였다.

“킁, 환자가 있어서 왔소이다.”

염구악은 코를 킁킁거리며 인상을 쓰고는 북궁천을 돌아다보았다.

북궁천은 헌원려려를 안고서 황유 앞까지 다가갔다.

황유는 북궁천을 물끄러미 바라보기만 했다. 정확히는 북궁천의 품속에 안긴 헌원려려를.

조심스럽게 헌원려려를 내려놓은 북궁천은 깊게 침잠된 눈으로 황유를 응시했다.

“뒷머리에 충격을 받고 정신을 잃은 지 나흘 되었습니다. 깨어나게만 해 주신다면 은혜를 잊지 않겠습니다.”

황유는 헌원려려에게 시선을 주고 평소와 다름없이 말했다.

“너무 걱정 말게. 하늘이 억지로 데려가려 하지 않는 이상 사람 목숨은 쉽게 끊어지지 않는다네.”

하지만 북궁천은 평소 그가 만났던 환자와는 많이 달랐다.

“하늘이 억지로 데려가려 해도 막아 주셔야 합니다.”

“허허허, 자넨 내가 대라신선이라도 되는 줄 아나 보군.”

“만에 하나 려려가 깨어나지 못하고 저세상으로 간다면 세상이 피로 뒤덮일 겁니다.”

흠칫한 황유가 눈을 들었다.

“지금 이 늙은이를 위협하는 건가?”

“저도 그런 상황이 벌어지지 않기만 바랄 뿐입니다. 하지만 려려가 죽으면 미쳐 버린 저를 저 자신도 통제하지 못할 것이니 어쩌겠습니까?”

음울한 목소리에 숨이 막힐 지경이다.

황유는 굳은 표정으로 염구악을 바라보았다.

어디서 이런 미친놈을 데려왔냐는 질책이 역력한 눈빛이다.

염구악이 황유의 마음을 눈치채고 쓴웃음을 지으며 고개를 끄덕였다.

“정말 그렇게 될지 모르오, 신의. 그러니 최선을 다해 주시구려.”

염구악은 허튼소리를 하는 사람이 아니다.

황유는 그제야 상황의 심각성을 깨닫고 신중한 표정으로 헌원려려를 살펴보았다.

*　　*　　*

사흘 동안 황유가 매달렸음에도 헌원려려는 깨어나지 않았다.

물과 음식 대신 달인 약으로 기력을 보충해 주고 있지만 그녀의 몸은 며칠 사이 눈에 띄게 마른 상태였다.

과연 언제까지 버틸 수 있을지……

북궁천이 절박한 표정으로 물었다.

"정말 방법이 없겠습니까?"

황유도 곤혹스럽기만 했다.

"참으로 괴이하군. 머리에 가해진 충격 때문임은 분명한데 겉으로 드러난 곳은 모두 정상이네. 아무래도 뇌 내부에 문제가 생긴 것 같아."

"그럼 어찌해야 합니까? 방법을 일러 주십시오, 신의."

황유는 바로 대답을 못 했다.

중원제일신의라는 그조차 치료하지 못한 상황이다. 방법이 있다면 어찌 시도해 보지 않았겠는가?

문제는 헌원려려가 깨어나지 못하고 죽기라도 하면, 몸속에 분노의 화산을 담고 있는 저 청년이 광분할지 모른다는 점이다.

'방법이 있을 것 같긴 한데…….'

그렇게 고민을 거듭한 지 일각가량 지났을 때였다.

입을 다문 채 한참 동안 헌원려려를 바라보던 노 의원의 주름진 눈꺼풀이 잘게 떨렸다.

'맞아, 그놈이라면…….'

문득 오래전에 잊은 이름 하나가 떠올랐다. 그가 지닌 괴이한 의술이라면 헌원려려의 특이한 증세를 고칠 수 있을지 몰랐다.

그러나 그와는 애증이 섞인 복잡한 감정이 얽혀 있어서 말하기가 쉽지 않았다.

그 때 북궁천이 황유 앞에 무릎을 꿇고 말했다.

"세상 저 끝까지 가야만 한다면 가겠습니다. 지옥불 속에 뛰어 들어야만 한다면 뛰어 들겠습니다. 려려를 깨울 수 있는 가능성이 있다면 뭔들 못 하겠습니까? 신의, 그 어떤 어려움도 이겨 낼 각오가 되어 있으니, 제발 깨울 수 있는 방법을 알려 주십시오!"

깊게 가라앉은 목소리가 대지를 울렸다.

방 안에 앉아서 초조하게 바라보던 모든 사람들의 눈빛이 거세게 떨렸다.

마음의 결정을 내린 황유는 착잡한 표정을 지은 채 고개를 들었다.

"실패하더라도 원망하지 않겠나?"

"최소한 하지 않는 것보다는 낫지 않겠습니까?"

"좋네, 자네의 마음이 정 그렇다면, 내 한 사람을 소개시켜 주겠네."

*　　　*　　　*

백의곡을 나선 북궁천은 곧장 북쪽으로 길을 잡았다.

마차는 포기하기로 했다.

한시라도 빨리 면산에 도착해야 한다. 마차가 다닐 수 있는 길로만 가기에는 마음의 여유가 없었다.

"곡추는 면산에 산다네. 어디 사는지는 나도 정확
히 모르네. 제자 중 하나가 약초를 캐러 갔다가 깊은
계곡에서 봤다는 말을 듣긴 했는데, 십 년 전 이야기
여서 지금도 그곳에 있는지는 알 수가 없네."

방곡추. 그는 황유가 삼십 년 전에 거둔 제자였다.

자질이 워낙 뛰어나서 언젠가는 자신을 뛰어넘으리라는 것
을 한 번도 의심하지 않았던 천재.

그는 기재들이 십 년 걸려 배울 것을 일 년 만에 마쳤고,
황유가 삼십 년 이상 익힌 의술을 단 칠 년 만에 따라잡았다.

그런데 이십여 년 전 어느 날, 먼지가 쌓인 채 서고 깊숙이
잠들어 있던 세 권의 의서를 본 후부터 조금씩 변해 갔다.

그 의서를 본 그는 사부 몰래 정상적인 치료법이 아닌 괴이
한 치료법에 빠져들었다.

뒤늦게 그 사실을 눈치챈 황유는 그를 올바른 의술의 길
로 인도하기 위해 모든 힘을 기울였다.

하지만 그는 남들도 배워서 할 수 있는 치료법은 관심 없
다면서, 천하에 오직 자신만이 할 수 있는 치료법을 개발하겠
다며 백의곡을 뛰쳐나갔다.

그게 십구 년 전이었다.

십 년 전에 봤다고 했으니 지금은 떠나고 없을지도 모른

다.

아직까지 그가 있을 확률은 극히 적은 상황.

하지만 북궁천은 실망하지 않았다.

드넓은 면산을 모두 뒤져야 한다면 그렇게 할 작정이었다.

천하를 뒤엎어야 찾을 수 있다면 그렇게 할 것이다.

헌원려려의 숨이 끊어지기 전까지는 절대 포기할 수 없었
다.

'려려, 나는 마지막까지 희망을 버리지 않을 것이다. 나를
믿고 버텨다오.'

북궁천은 헌원려려를 안은 손에 힘을 주며 자신의 간절한
마음이 그녀에게 전해지길 바랐다.

공손설은 그런 북궁천을 보며 가슴이 아렸다.

한편으로는 헌원려려가 부럽게 느껴졌다.

여인으로 태어나 저런 사랑을 받을 수 있는 여인이 얼마나
될 것인가.

'내가 저런 상황이어도 오빠가 똑같이 생각해 줄까?'

그러면 얼마나 좋을까?

북궁천은 그녀가 따라오는 것을 말리지 않았다.

처음에는 말렸다. 신경 써 줄 정신이 없었으니까.

그런데 공손설이 그의 말을 거부하고 따라나섰다. 면산을
뒤지려면 한 사람이라도 더 있어야 한다면서.

게다가 면산 최대 사찰인 운봉사는 철군성과 불가분의 관

계. 공손설이 부탁하면 운봉사의 스님들이 모두 나서서 도와 줄 거라고 했다.

그녀의 말이 옳다는 것을 북궁천도 모르지 않았다.

그녀가 따라나서면 염구악과 엽청문, 능소소도 따라나설 수밖에 없다.

적어도 자신과 아우들만 나서는 것보다는 나을 터. 고생할 것을 생각하면 그녀에게 미안하지만 당장은 방곡추를 찾는 일이 급했다.

백의곡을 출발한 지 이틀, 면산에 도착한 북궁천 일행은 곧장 운봉사까지 올라가 주지인 운몽 대사를 만났다.

"방곡추? 괴이한 의술을 익힌 사십 대의 중년 시주라……."

운몽 대사는 공손설의 설명을 듣고 곤혹스런 표정을 지었다.

운봉사에서 오십 년을 살아온 그가 모른다면 찾는 것도 그만큼 힘들어질 터. 북궁천은 초조한 마음으로 그의 대답을 기다렸다.

한참이 지나도 답이 없자 공손설이 조심스럽게 물었다.

"모르세요?"

운몽 대사는 불호를 외고는 고개를 저었다.

"나무아미타불, 빈승의 기억에는 그런 이름이 없구려. 괴이한 의원이 산다는 말도 들어 보지 못했고 말이오. 대경, 너는 아는 것이 없느냐?”

운몽 대사의 눈이 한쪽에 조용히 앉아 있는 중년승을 향했다.

중년승 대경은 잠시 생각을 정리하더니 담담한 어조로 입을 열었다.

“방곡추라는 의원이 이 근처에 산다는 말은 저도 듣지 못했습니다.”

“불사를 책임진 네가 모른다면 다른 사람에게 물어도 소용이 없겠구나.”

“아마 그럴 것입니다. 이 근처 오십 리 이내에서 십 년 이상 살았다면 소승이 모를 리 없습니다.”

북궁천은 실망감을 감추지 못했다.

결국 면산 전체를 뒤져 봐야 한단 말인가?

그렇다면 촌각이라도 서둘러야 했다.

그나마 방곡추가 오십 리 이내에 없다면 그만큼 찾아볼 곳이 줄어든 셈이니 전혀 소득이 없었던 것은 아니었다.

“잘 알았습니다. 하면 부탁 하나만 하지요. 그자를 찾을 동안 이 여인을 이곳에 맡길까 합니다. 방 하나만 내주시면 고맙겠습니다.”

대경은 순순히 그의 청을 들어주었다.

“나무아미타불, 그거야 어려울 것 없으니 걱정 마시구려.”

북궁천은 한쪽에 눕혀 놓았던 헌원려려를 다시 안았다.

그런데 바로 그 때, 대경이 멈칫하더니 북궁천에게 말했다.

"아, 의원은 아니지만 조금 괴이한 자가 살고 있다는 말을 들은 적은 있소. 그자라도 만나 보시겠소?"

썩은 지푸라기라도 잡고 싶은 북궁천이었다.

"어떤 자입니까?"

"언젠가부터 남쪽 침매곡에 괴이한 사냥꾼이 살고 있다 하오. 일 년에 한두 번 사냥한 짐승의 가죽을 갖고 마을로 나오는데, 말도 횡설수설하고 눈에선 광기가 보인다 하더구려."

말만 들어서는 방곡추와 많이 달랐다.

하지만 북궁천은 그를 만나 보기로 했다. 그자에 대한 기대보다는, 깊은 산중에 살고 있으니 방곡추에 대해서 알고 있을지 모른다는 기대가 더 컸다.

"침매곡은 어디에 있습니까?"

第九章
침매곡(沈埋谷)의 사람들

헌원려려를 방에 눕혀 놓은 북궁천은 방을 나섰다.

이정한 등이 방문 앞에서 대기하고 있었다. 그러나 북궁천은 그들의 동행을 허락하지 않았다.

한시가 아쉬운 상황, 혼자 가는 게 빨랐다.

"아우들은 이곳에 있어라. 아무래도 혼자 움직이는 것이 빠를 것 같다. 혹시라도 무슨 일이 있으면 크게 소리쳐서 불러라."

간단하게 몇 마디 남긴 그는 잔도를 타고 정과사로 올라갔다.

침매곡은 정과사에서 능선을 타고 십 리 정도 동쪽으로 간

다음 남쪽으로 다시 이십여 리 정도 가야 한다고 했다.

그쯤가면 층층이 노적(露積)처럼 바위가 쌓인 거대한 바위산이 나오고, 그 아래에 어둡고 깊은 계곡이 있다고 했다.

북궁천은 험한 바위산을 평지 달리듯이 달렸다.

십여 장 간격으로 있는 바위를 징검다리 삼아 얼마를 나아가자 바위산이 저만치 보였다.

그 아래쪽은 대낮인데도 그늘이 져서 검게 보일 정도로 깊은 계곡이었다.

대경에게 들은 것과 동일한 지형.

그는 깎아지른 것처럼 경사가 심한 절벽 아래로 몸을 날렸다.

이백여 장을 한순간에 내려간 북궁천은 바닥을 이십 장 남겨 놓고 십여 평 넓이의 단애에서 멈춰 섰다.

그리고 공력을 집중해서 아래쪽을 살펴보았다.

그늘진 계곡 안은 음습함마저 느껴졌다.

계곡이 워낙 깊고 양쪽이 깎아지른 절벽 같아서 한여름이라 해도 햇살이 비치는 시간은 한두 시진에 불과할 듯했다.

그는 사람이 살 만한 곳을 찾아보았다.

계곡 깊은 곳에 약간의 공터 같은 곳이 보였다.

그나마 높은 곳에서 보지 않았다면 찾을 수 없을 만큼 은밀한 곳에 위치해 있었다. 주위의 지형으로 봐서는 사람이 산다면 그곳이 가장 유력했다.

북궁천은 그곳을 목적지로 정하고 단애에서 뛰어내렸다.

길쭉한 지형의 공터는 자연적으로 만들어진 것이 아니었다. 누군가가 나무를 잘라 내면서 생긴 공터였다.

예상대로 그 괴인이라는 자가 근처에 사는 듯했다.

북궁천은 더 안쪽으로 들어갔다.

얼마 가지 않아서 저만치 통나무로 지은 집이 보였다. 통나무집 바로 앞에 세워진 기둥에는 가죽이 서너 장 걸려 있고, 한쪽에는 화덕이 만들어져 있었다.

그는 가죽이 걸린 기둥을 지나 통나무집 바로 앞까지 다가갔다. 문에는 팔뚝 굵기의 통나무 빗장이 걸려 있었다.

하지만 혹시 모르는 일, 안에 대고 주인을 불러 보았다.

"계십니까?"

다섯을 셀 시간을 기다려 봤지만 아무런 대답도 들리지 않았다.

그는 빗장을 풀고 문을 열었다.

통나무집 안은 제법 넓었다.

현재도 사람이 생활하는 듯 식기와 식량이 한쪽에 정돈되어 있었고, 더 안쪽에는 제법 공들여 만든 것처럼 보이는 탁자와 의자와 침상이 놓여 있었다.

안을 살펴보던 북궁천의 두 눈에 실망감이 떠올랐다.

어디에도 의원이라 할 만한 물건들이 보이지 않았다.

정말 단순한 사냥꾼일까?

그 때 누군가가 빠르게 다가오는 게 느껴졌다.

가벼운 발걸음, 거친 산길을 빠르게 달린다.

만약 그가 이 통나무집의 주인이라면 평범한 사냥꾼은 아니었다.

북궁천은 천천히 돌아서서 문 쪽을 바라보았다.

다가오던 자가 문에서 이 장 떨어진 곳에 멈추더니 냉랭히 소리쳤다.

"꼼짝 말고 그 자리에 서 있어!"

그의 손에는 팽팽하게 당겨진 활이 들려 있었다.

흐트러진 머리카락, 손을 전혀 대지 않은 듯 제멋대로 자란 거친 수염. 가죽으로 만든 옷을 걸친 중년인은 기괴하게 느껴질 정도의 한광을 번뜩이며 북궁천을 노려보았다.

"귀하가 이 집의 주인이오?"

북궁천이 그를 빤히 바라보며 담담히 물었다.

"질문은 내가 한다. 입 다물고 무릎을 꿇어라!"

"과한 요구를 하는군."

"흥, 죽고 싶으냐!"

"나는 죽고 싶지도 않고, 아직 죽어선 안 되오. 반드시 해야 할 일이 남아 있으니까."

"입은 번지르르한 놈이군. 어디 몸에 구멍이 뚫리고도 그렇게 입을 놀릴 수 있는지 보자."

가죽옷을 걸친 중년인은 냉랭히 말하며 활시위를 한계까지 당겼다.

그 때였다.

공터의 저 아래쪽에서 누군가가 달려오며 소리쳤다.

"당 형, 도둑놈이 들었수? 잠깐만 기다리쇼. 내가 먼저 버릇을 고쳐 놓을 테니까."

가죽을 걸친 중년인이 멈칫했다.

그사이 중년인의 바로 옆까지 다가온 자가 손에 들린 봉을 움켜쥐고 통나무집 안으로 들어갔다.

"어떤 도둑놈의 새끼가 이런 곳에 뭐 훔칠 것이 있다고……!"

하지만 기세당당하게 안으로 들어가던 그는 등에 화살을 맞은 것처럼 우뚝 멈춰 섰다.

북궁천이 석상처럼 굳은 그를 향해 말했다.

"오랜만이오."

"……"

"육대기, 당신이 아직까지 면산에 있을 줄은 몰랐군."

육대기는 주춤거리며 한 걸음 물러섰다.

북궁천이 슬쩍 고갯짓을 하며 경고했다.

"아아, 뒤에서 활을 겨누고 있는 사람이 실수할지 모르니 움직이지 마시오."

그제야 뒤에 있는 사람이 떠오른 듯 육대기가 급히 고개를 돌리고 소리쳤다.

"당 형, 활을 내려요!"

순간이었다.

가죽을 걸친 중년인이 활시위에서 손가락을 떼었다.

쐐액!

화살은 육대기의 코앞을 스쳐서 북궁천의 얼굴로 날아갔다.

기껏해야 삼 장의 거리. 더구나 육대기로 인해 가려져 있던 터다.

섬전처럼 날아간 화살은 금방이라도 북궁천의 얼굴을 뚫을 것 같았다.

하지만 화살은 북궁천의 얼굴을 세 치 남겨 놓고 거짓말처럼 허공에서 멈췄다.

북궁천이 손으로 잡아챈 것이다.

"봐주는 건 한 번뿐이오."

북궁천은 무심한 목소리로 경고를 하고 화살을 한쪽에 던졌다.

가죽옷을 걸친 중년인은 그사이에 화살을 하나 더 활시위에 걸었다.

그제야 정신을 차린 육대기가 화들짝 놀란 표정으로 소리쳤다.

"당 형, 활을 거두라니까요!"

"왜 그런가?"

"글쎄, 거두어요. 이 공자는 그런 활로 어떻게 할 수 있는 사람이 아니란 말입니다."

"자네가 아는 사람인가?"

안다. 아주 잘 알지는 못하지만 최소한 두 가지는 안다.

마음만 먹으면 자신과 당곡쯤은 단숨에 죽일 수 있는 사람이라는 걸. 자신도 잘 모르는 기물 하나를 날로 먹은 놈이라는 걸.

북궁천은 가죽을 걸친 중년인을 육대기가 '당 형'이라 부르자 또 한 번 실망했다.

그래도 혹시나 했거늘.

"저분이 이곳의 주인이오?"

북궁천의 질문에 육대기는 괴이하게 일그러진 표정으로 고개를 끄덕였다.

"그렇소."

"잘됐군. 안으로 들어오시오. 물어볼 것이 있으니까."

북궁천은 자신이 주인인 것처럼 두 사람을 안으로 들어오게 했다.

주객이 전도된 상황이었지만 육대기는 고분고분 그의 말을 따랐다.

소소신마의 얼굴을 뭉갠 사람이다. 구중마도를 패대기치고, 금황신군과 막상막하의 대결을 벌인 자.

따르는 게 상책이었다.

가죽을 걸친 중년인, 당곡도 활시위를 느슨하게 늦추고 안으로 들어왔다. 하지만 눈에선 여전히 한광이 번들거렸다.

"공자께선 무슨 일로 여기까지 오셨수?"

육대기가 먼저 궁금증을 참지 못하고 물었다.

"볼일이 있어서 왔소. 그런데 한 가지 일을 더 마무리 지을 수 있을 것 같아 다행이오."

"예?"

"그래도 우선 급한 것부터 처리해야겠소."

북궁천은 흑옥불상에 대한 것은 일단 뒤로 미루고 당곡에게 물었다.

"면산에서 산 지 얼마나 되셨소?"

"그걸 왜 묻는 거지?"

"알아볼 것이 있어서 묻는 거요. 십 년 넘었소?"

"넘었다."

"그럼 혹시 방곡추라는 이름을 들어 보았소?"

당곡은 바로 대답하지 않고 북궁천을 뚫어지게 쳐다보았다.

그러다 눈빛을 파랗게 빛내면서 물었다.

"그 이름을 왜 묻는 것이냐?"

"아시오?"

"안다면?"

북궁천의 눈빛이 잘게 떨렸다.

당사자를 직접 만나진 못했지만 그를 아는 자를 만났다. 그것만 해도 이곳까지 온 보람이 있었다.

"그 사람이 사는 곳을 알려 주시오. 부탁이오."

"왜 알려고 하는 거지?"

"환자가 있소. 그 사람이라면 깨어나게 할 수 있을지 모른다 해서 찾고 있는 거요."

"환자를 치료하려면 백의곡으로 가라. 천하제일의 신의가 있는 그곳을 놔두고 왜 그를 찾는 것이냐?"

"그곳에도 가 봤소. 하지만 신의조차 어떻게 하지 못했소. 그리고 신의께서 방곡추라는 사람을 말해 주었소. 그 사람이라면 가능할지 모르겠다면서 말이오."

순간, 당곡의 몸이 가늘게 떨렸다.

"그게…… 정말이냐?"

"물론이오. 그렇지 않으면 내가 어떻게 방곡추라는 이름을 알고 여기까지 왔겠소?"

"정말, 정말 백미신의께서 당신도 깨어나지 못하게 한 사람을 방곡추라면 깨어나게 할 수 있을지 모른다고 했단 말이지?"

"사실이오."

북궁천은 당곡을 빤히 쳐다보며 대답했다.

반응이 기이했다. 눈은 광기 들린 사람처럼 번들거리고 몸도, 목소리도 가늘게 떨렸다.

"환자가 어떤 상태이기에 백미신의조차 고치지 못했단 말이냐?"

북궁천은 말이 길어지는 게 마음에 안 들었지만, 당곡의 반응이 이상해서 헌원려려의 상태를 순순히 설명했다.

"……그 후부터 정신을 차리지 못하고 있소."

"그 환자는 어디 있느냐?"

"운봉사에 있소. 시간이 없으니 이제 당신도 나에게 방곡추가 있는 곳을 알려 주시오. 그는 어디에 있소?"

답답해진 북궁천이 당곡에게 다그치듯이 물었다.

당곡이 그를 똑바로 쳐다보며 답했다.

"내가 방곡추다."

방곡추는 세월이 흘러서야 사부에게 큰 죄를 지었다는 걸 깨달았다.

자신을 구해 주고 가르쳐 준 사부의 뜻을 저버리고 말도 없이 떠나 버렸으니 얼마나 상심했을 것인가.

하지만 돌아갈 순 없었다.

어차피 그리된 것, 자신의 선택이 잘못되지 않았다는 걸 사부에게 보여 주고 싶었다.

죄스러운 마음에 이름을 바꾼 그는 침매곡에 머물며 자신이 꿈꿔 왔던 의술에 더욱더 매진했다.

　침매곡은 사람이 발길이 닿지 않을 만큼 험한 곳이었다. 바깥에선 보기 힘든 동물과 약초가 많았고 개중에는 극독을 품은 독물과 독초도 많았다.

　자신의 의술을 연구하기에는 최적의 장소.

　그는 일 년에 한두 번만 필요한 물건을 사기 위해 바깥으로 나가고 거의 모든 나날을 침매곡에서 보냈다.

　그런데 사부를 뛰어넘는 의술을 완성해야 한다는 압박감 때문인지 세월이 흐르며 성격이 괴이하게 변해 갔다.

　오 년 전, 육대기가 영물을 잡기 위해 침매곡에 들어갔을 때 방곡추의 그러한 성격은 절정에 이르러 있었다.

　육대기의 성격이 정상적이었다면 아마 그날 둘 중 한 사람은 죽었을 것이 분명했다.

　하지만 육대기 역시 괴이한 면이 있는 사람이었다.

　그는 방곡추의 성질이 괴팍하긴 해도 영물과 영약에 관한 지식이 자신 이상임을 알고 슬슬 꼬드겨 진구로 삼았다. 아끼고 아꼈던 영물의 쓸개 하나를 넘겨주고 말이다.

　방곡추는 그 대가로 이상한 알 하나를 그에게 주었고.

　그렇게 방곡추와 친구가 된 후 육대기는 일 년에 한 번씩 침매곡을 찾아왔다.

　자신이 그간 구한 것에 대한 감정도 받고, 방곡추가 얻은 것도 구경할 겸.

　이번에도 마찬가지였다.

북궁천을 만날 줄 알았다면 절대 찾아오지 않았겠지만!

'씨발, 운 더럽게 없군.'

한편, 북궁천은 잠시 잠깐 멍한 기분이었다.

당곡이 방곡추라니. 그토록 찾으려 하던 사람이 눈앞에 있다니.

하지만 곧 그를 향해 정중하게 포권을 취했다.

"그녀를 구해 주시오. 그녀만 구해 준다면 어떤 소원이라도 들어주겠소."

방곡추 역시 헌원려려의 상태를 듣고 호기심이 생긴 터였다. 어쩌면 호승심일 수도 있고.

중원제일신의인 사부를, 정통 의술을 이기고자 하는 마음 말이다.

"장담할 수는 없다. 하지만 최선은 다해 보지."

"고맙소."

다시 한 번 방곡추를 향해 고개를 숙여 보인 북궁천은 육대기를 향해 불쑥 손을 내밀었다.

"용천보에서 훔친 흑옥불상을 내놓으시오. 그것만 내놓는다면 훔친 일에 대해서는 따지지 않겠소."

육대기가 눈을 깜박이며 머뭇거렸다.

북궁천의 눈빛이 싸늘해졌다.

"촌각이 아까운 상황이오. 당신을 죽이고 가져갈 수 있지

만 내 스스로에게 한 약속이 있어서 참고 있다는 것만 알아
두시오.”

육대기가 힐끔 당곡을 바라보았다. 북궁천이 애걸하는 만
큼 당곡의 말 한마디면 해결되지 않을까 싶었다.

그런데 당곡이 냉랭한 어조로 말했다.

“자네 일은 자네가 알아서 해.”

“당 형, 그래도 우린 친구 아니오? 어떻게 말 좀······.”

“난 도둑을 친구로 둔 적 없네. 하지만 도둑질한 물건을
돌려주면 다시 친구가 될 수 있을지도 모르지.”

친구와 흑옥불상.

거절하면 둘 다 잃는다. 하나를 주면 하나를 지킬 수 있
고.

육대기에게는 선택의 여지가 없었다.

미적거리며 품속에서 상자를 꺼낸 그는 북궁천에게 내밀었
다.

‘제길, 전생에 무슨 웬수를 져서 두 번이나······.’

북궁천은 상자를 열어 내용물을 확인했다. 상자 안에는
세 개의 흑옥불상이 나란히 들어 있었다.

그런데 내용물을 확인하고 상자를 닫으려던 그가 멈칫했
다.

전에 봤던 흑옥불상과 왠지 다르게 느껴졌다.

깨끗하게 닦았는지 흙 한 점 묻어 있지 않았는데, 단순히

겉이 깨끗하기 때문만은 아니었다.

흑옥불상에는 눈에 보일 듯 말 듯 가느다란 선이 그어져 있었다.

얼핏 보면 흙이나 돌에 긁혀서 난 흔적 같았다.

하지만 그렇게 긁힌 흔적은 일정한 깊이를 이룰 수 없는데도 흑옥불상에 그어진 선은 그 깊이가 일정했다. 끊임도 없었고.

그는 고개를 돌려 육대기를 바라보았다.

"이 불상이 어떤 물건인지 알고 있소?"

그가 그렇게 물은 것은, 육대기가 값나가는 물건은 놔둔 채 불상만 훔쳤기 때문이다.

육대기는 고개를 저었다.

북궁천은 그게 더 이상했다.

"그런데 왜 훔친 거요?"

"귀도맹주 복화가 노린다고 해서…… 복화는 원래 골동품에 일가견이 있는 자요. 그런 자가 용천보와의 시비도 마다 않고 뺏으려한 것이라면 보나마나 대단한 보물일 거라 생각했소. 솔직히 이런 것인 줄 알았으면 위험하게 용천보 안까지 들어가지도 않았을 거요."

이해가 가는 말이어서 북궁천은 더 묻지 않았다. 당장 중요한 것은 흑옥불상이 아니라 헌원려였다.

'나중에 자세히 살펴봐야겠군.'

그런데 그는 흑옥불상에만 신경을 쓰는 바람에 방곡추의 눈빛을 보지 못했다.

그가 상자를 품속에 집어넣자, 기광을 번뜩이며 흑옥불상을 바라보고 있던 방곡추가 몸을 돌렸다.

"몇 가지 가져갈 게 있으니 잠깐만 기다려라."

통나무집의 뒤쪽은 동굴과 연결되어 있었다. 통나무집이 동굴의 앞을 막고 있는 것이다.

방곡추가 의술을 연구하는 밀실은 바로 그 동굴 안에 있었다.

북궁천은 방곡추가 그 안으로 들어가자 육대기에게 하나 더 물어보았다.

"나에게 줬던 상자에 붉은 알이 들어 있던데, 무슨 알이오?"

"그건 당 청에게 물어보시오. 그가 준 섯이니까."

그랬다. 그것의 주인은 본래 육대기가 아닌 방곡추였다.

육대기가 영물의 쓸개를 주고 대가로 받은 것.

당시 그가 호숫가에서 그것을 북궁천에게 던진 것도 안에 든 알을 중요하게 생각하지 않았기 때문이다.

깨진다고 소리친 것도 안에 든 것이 연약하게 보이는 알이라는 걸 알았기 때문이고.

많은 영물을 접한 그조차 뭔지 모를 알이었지만.

그래도 북궁천은 최소한 한 가지 사실은 알게 되었다.

자신이 복용한 알이 화령금각사의 내단은 아니라는 사실을.

그래도 그 알 덕분에 내상이 빨리 회복되었고 공력도 늘었으니 아쉬울 것은 없었다.

방곡추가 밀실에서 보따리를 하나 들고 나온 것은 일각이 지날 즈음이었다.

"가지."

짧게 출발을 알린 그는 미지의 세계에 발을 들여놓는 사람처럼 눈빛을 일렁이며 걸음을 옮겼다.

육대기는 그가 북궁천을 데리고 빨리 사라졌으면 하는 표정으로 작별 인사를 건넸다.

"그럼 잘 다녀오시오, 당 형. 다녀올 동안 이곳은 내가 지킬 테니 걱정 마시고."

방곡추가 걸음을 멈추더니 그를 바라보았다.

"자네도 따라와. 도와줘야 할 일이 있을지 모르니까."

"제가 뭘 안다고 도와줍니까? 저는 차라리 이곳을 지키고 있는 게……."

"며칠 사이에 단 형과 양가가 곽산에서 돌아올 테니 이곳은 그에게 맡기면 돼."

"아무리 그래도……."

그 때 무심한 한마디가 육대기의 목덜미를 잡았다.

“따라오시오.”

움찔한 육대기는 북궁천을 힐끔 쳐다보고는 목을 자라처럼 집어넣었다.

“예? 예. 공자께서 필요하시다면야……..”

*　　　*　　　*

석양이 질 무렵. 북궁천은 방곡추와 육대기를 대동하고 운봉사에 도착했다.

북궁천이 방곡추를 찾아왔다는 말에 사람들이 우르르 나왔다.

“어? 저놈은?”

염구악이 육대기를 아는지 눈을 크게 떴다.

육대기는 그를 보고 간이 툭 떨어졌다.

‘힉! 지 늙은이가 왜 여기에 있는 거지?’

그는 팔 년 전에 염구악에게 약간의 잘못을 저지른 적이 있었다.

하지만 자신의 잘못만은 아니었기에 머쓱하게 인사를 건넸다.

“그간 평안하셨습니까, 염 대협.”

“평안? 그래, 잘 지냈지. 그때 네가 준 것 먹고 사흘 고생한 것만 제외하면 말이야.”

“그거야 그때 제가 말씀드렸잖습니까. 그냥 복용하시면 안 된다고요.”

“그냥 복용해도 큰 탈은 없을 거라고 한 것도 너였지.”

“그래도 사흘 고생하고 병이 나으셨으면 다행 아닙니까요?”

“병이 나았으니 망정이지, 안 나았으면 네놈 다리몽둥이 부러뜨리려고 찾아 나섰을 거다. 내 돈 백 냥도 찾을 겸.”

육대기는 머리를 쑥 집어넣고 급히 북궁천을 따라갔다. 이제 기댈 언덕은 북궁천밖에 없었다.

이리저리 따져 보니 북궁천이 더 강할 것처럼 생각된 것이다.

그런데 방곡추와 함께 방으로 들어가던 북궁천이 고개를 돌리고 말했다.

“다른 분들은 들어오지 마십시오. 육대기, 당신도 이곳에 남고.”

“당 형이 필요할지도 모른다고 했는데……”

“필요하면 부르도록 하겠소. 멀리 가지 마시오.”

“안에 들어가서 조용히 한쪽에 앉아 있으며 안 되겠소?”

밖에서 소란스런 일을 벌이는 것보다 그게 나을 것 같다. 언제 필요할지도 모르고.

북궁천은 고개를 끄덕였다.

“좋소. 대신 조용히 있어야 하오.”

육대기는 사면령이라도 받은 사람처럼 밝아진 표정으로 북궁천의 뒤를 바짝 따라갔다.

방곡추는 헌원려려의 몸을 여기저기 살펴보았다.

황유가 진맥하던 것과는 사뭇 달랐다.

눈을 지그시 감고 헌원려려의 목 뒤를 손으로 눌러보던 그는 자신이 가져온 보따리에서 송곳처럼 뾰족한 칼을 하나 꺼냈다.

북궁천의 눈이 휘둥그레졌다.

저걸로 뭘 하려는 걸까?

그런데 방곡추가 그 칼을 한쪽에 내려놓더니 이번에는 은갑에서 기다란 장침을 하나 꺼냈다.

침의 길이만 무려 일곱 치나 되는 장침이었다.

칼을 내려놓은 것에 안심한 북궁천이 멈칫한 사이, 방곡추는 그 침을 조금도 망설이지 않고 헌원려려의 뒷목에 꽂았다.

푹!

북궁천은 그 침이 자신의 심장에 꽂힌 사람처럼 숨을 멈추고 석상처럼 굳었다.

방곡추는 북궁천이 놀라든 말든 깊숙이 꽂은 침 끝을 잡고 다시 눈을 감았다.

그리고 잠시 후.

침을 뺀 그가 태연히 말했다.

“머리를 가르진 않아도 될 것 같군.”

그 말에 북궁천의 심장이 진짜로 멈출 뻔했다.

방곡추는 북궁천의 반응에 일절 신경 쓰지 않고 보따리를 완전히 풀었다.

“일단 약물로 치료해 보도록 하지. 뇌에 충격을 조금씩 주면서 뭉쳐 있는 죽은피를 빼내는 게 급선무겠어.”

북궁천이 자신도 모르게 급히 물었다.

“죽은피를 어떻게 빼낼 거요?”

방곡추가 당연한 걸 묻는다는 투로 대답했다.

“어떻게 빼내긴? 구멍을 뚫어야지.”

헉!

설마 머리에 구멍을?

북궁천은 인내심을 극한까지 발휘해서 마음을 진정시키고 다시 물었다.

“죽은피만 빼내면 정선을 차릴 수 있소?”

“사부께서도 치료하지 못한 환자야. 죽은 거나 다름없는 사람을 살리는 게 그렇게 간단할 것 같아?”

“그럼?”

“죽은피를 빼내는 건 시작일 뿐이다. 정작 중요한 미세혈맥을 타통시키지 못하면 그간의 노력이 공염불로 돌아갈 것이다.”

“저것이 려려에게 쓸 약재요? 어떤 약재들이오?”

불안해진 북궁천이 눈짓으로 약재를 가리키며 물었다.

방곡추는 보따리에서 꺼낸 약재를 보며 무뚝뚝한 어조로 말했다.

"모두 구하기가 쉽지 않은 약재들이다. 영약이라 할 만한 것도 있고 독초라 할 만한 것도 있지."

"독초? 려려에게 독을 복용시킨단 말이오?"

방곡추가 북궁천을 바라보았다.

"단순한 독초가 아니라 한 냥으로 소 백 마리를 죽일 수 있는 극독이다. 싫다면 여기서 멈추지. 귀한 약재 써 가면서 원하지 않는 치료하기는 나도 싫으니까."

북궁천의 눈빛이 격렬하게 흔들렸다.

방곡추에게 치료를 맡긴 것은 마지막 희망이랄 수도 있었다. 그렇다고 해서 극독을 복용시키자니 망설여지지 않을 수 없었다.

하지만 방곡주의 흔들림 없는 눈을 본 그는 이를 지그시 악물고 고개를 끄덕였다.

"좋소. 귀하에게 모든 걸 맡기겠소."

"정말인가?"

"일구이언할 사람은 아니니 걱정 마시오."

"좋아, 그럼 내가 알아서 하지. 그런데 좀 나가 주었으면 좋겠군. 귀찮게 해서 집중을 할 수가 없으니까."

부릅뜬 눈에서 광기처럼 새파란 안광이 번뜩인다.

표정을 봐서는 나가라고 빽 소리라도 지르고 싶은데 참고 있는 것 같다.

북궁천이 쓴웃음을 지으며 말했다.

"여기서 조용히 보면 안 되겠소?"

"여자를 치료할 때 제일 방해되는 사람이 누군지 아나? 바로 남편과 가족들이야. 그러니 이 여자를 살리고 싶으면 나가 있어."

"지금부터는 아무 말도 하지 않겠소."

방곡추의 눈빛이 싸늘하게 가라앉았다.

"정말인가?"

북궁천은 말 대신 고개를 끄덕였다.

그제야 방곡추가 고개를 돌리고 보따리에서 약재를 마저 꺼냈다.

"큭."

육대기가 참지 못하고 나직이 웃음을 흘렸다.

그러다 북궁천이 홱 고개를 돌리고 노려보자, 머리를 푹 숙이고 바닥만 바라보았다.

그 때 방곡추가 고개를 돌리더니 육대기에게 말했다.

"자네. 내가 전에 준 화혈조(火血鳥)의 알, 아직 가지고 있나?"

슬쩍 고개를 든 육대기가 영문을 모르겠다는 투로 반문했다.

“화혈조의 알이라니요? 당 형도 참, 제가 무슨 복이 있어서 그런 것을 얻을 수 있겠습니까?”

“뭔 소리야? 자네가 나에게 쌍두백사의 쓸개를 줬을 때 내가 줬잖아? 없어?”

눈을 두어 번 껌벅이던 육대기의 얼굴이 하얗게 탈색되었다.

“그, 그게 화혈조의 알이었단 말입니까?”

“그것도 몰랐나? 있어, 없어?”

육대기가 홱 고개를 돌려 북궁천을 쳐다보았다.

화령금각사의 내단보다 훨씬 귀한 것이 화혈조, 일명 천년 화혈조의 알이다.

그렇게 귀한 것을 던져 주다니!

알았다면 미치지 않고서야 어찌 주었겠는가?

“고, 공자가 아직도 가지고 있소?”

북궁천은 사실대로 대답했다.

“지금은 없소.”

“그, 그럼 어디 있소?”

“내가 복용했소.”

그 말에 방곡추의 눈이 튀어나올 것처럼 커졌다.

“뭐? 그걸 복용했다고? 그런데 어떻게 살아 있단 말인가?”

“나도 죽는 줄 알았소. 그런데 운이 좋아서 살 수 있었소.”

"거짓말! 사람의 몸으로는 천년화혈조의 극양지기를 견딜 수 없어!"

"사실이오. 그래서 내 몸속에 아직도 열양진기가 남아 있소."

방곡추는 입을 반쯤 벌린 채 북궁천을 바라보았다.

그러더니 북궁천의 말이 거짓이 아님을 느꼈는지 어이없다는 투로 말했다.

"자네가 천하제일의 내공이라도 지녔단 말인가? 그렇지 않고서는 화혈조의 극양지기를 견딜 수 없을 텐데?"

"천하제일은 아닐지 몰라도 남에게 뒤질 정도는 아니오."

육대기가 한마디 덧붙여서 그의 말을 뒷받침했다.

"금황신군 관호명과 비등할 정도니 사실일 거요, 당 형."

방곡추도 금황신군 관호명의 이름 정도는 알고 있었다.

하기에 놀라긴 했지만 그렇다고 해서 태도가 달라지진 않았다.

"알을 언제 복용했지?"

"넉 달 정도 되었소."

"그래?"

북궁천을 뚫어지게 바라보던 방곡추는 바닥에 놓았던 송곳 같은 칼과 옥으로 된 약대접을 집어 들고 일어났다.

"그럼 별수 없이 자네 피라도 받아야겠군. 아직 약효가 반 이상 남아 있을 거야. 두려워하지 마. 한 종지만 받을 거니까.”

피를 주는 거야 얼마든지 줄 수 있다. 헌원려려가 살아날 수만 있다면 무슨 짓인들 못 할까?

그런데 번들거리는 방곡추의 눈빛이 마음에 걸렸다.

한 종지가 아니라 한 대접을 모두 받을 것 같은 표정이다.

“정말 한 종지만 있으면 되는 거요?”

그 때였다.

꿀꺽.

옆에서 육대기가 침을 삼키며 넌지시 말했다.

“뽑는 김에 조금만 더 뽑으쇼, 당 형. 혹시 압니까? 모자랄 지.”

*　　　*　　　*

치료를 시작한 지 닷새.

방곡추의 치료법은 황유와 극단적으로 달랐다.

비슷한 경우가 없는 것은 아니었지만 주 약재나 치료 방법이 천양지차였다.

그래도 효과는 있는지 기색이 엄엄하던 헌원려려의 몸이 활기를 찾아 갔다.

하지만 그뿐, 헌원려려의 정신은 여전히 깨어나지 않았다.

그리고 다시 사흘이 흘렀다.

헌원려려의 정신이 여전히 깨어날 생각을 않자, 그토록 냉막하던 방곡추의 표정에도 초조감이 보이기 시작했다.

북궁천은 그나마 헌원려려의 기력이 강해진 것을 보고 안도했다.

깨어나면 더없이 좋겠지만 설령 깨어나지 않는다 해도 죽지만 않는다면 원이 없었다.

그녀를 자신의 곁에 두고 영원히 보살피며 살면 될 것이 아닌가.

그는 방곡추가 치료를 마치고 나면 행여나 헌원려려의 몸이 굳을까 봐 근육과 관절을 추궁과혈로 풀어 주고, 혈도도 막히지 않도록 진기를 불어 넣었다.

그리고 방곡추가 치료하는 동안에는 매일 운봉사의 부처상을 보며 빌었다.

처음에는 속으로만 빌었지만 나중에는 안으로 들어가서 운몽 대사를 따라 절을 하며 빌었다.

부처를 믿고 따르기보다 그저 간절함으로 하는 절이었다.

헌원려려를 살려 달라는, 그녀의 눈이 떠지기를 바라는 마음 말이다.

아침부터 해가 질 때까지 하루에 수천 배.

곁에서 그 모습을 지켜보던 사람들 모두가 북궁천의 간절함이 담긴 정성에 숙연해졌다.

북궁천이 간절함을 담아서 헌원려려가 깨어나길 비는 동안 공손설은 엽청문을 철군성으로 보냈다.

일반적인 사정은 이미 소문으로 어느 정도 알려져 있을 테니, 간단하면서도 중요한 사정만 전했다.

자신은 운봉사에 있으며, 안전하니 아무 걱정할 것 없다는 것. 행여나 자신을 데려가겠다고 사람을 보내면 절대, 절대로 안 된다는 것 등.

단 북궁천의 진정한 정체에 대해선 말하지 못하게 했다. 엉뚱한 일이라도 벌어지면 평생 후회할 일이 발생할지 몰랐다.

한편, 태극문 제자들과 이조량은 수련에 열중했다.

자신들이 강했다면 헌원려려가 다칠 일도 없었다. 그녀가 다친 것은 결국 자신들의 잘못이나 마찬가지였다.

하늘이 보살펴 그녀가 깨어난다면, 두 번 다시 그런 일이 벌어지지 않게 하리라!

그렇게 각오를 다진 그들은 강해져야 한다는 절박함으로 먹고 자는 시간을 제외한 대부분을 수련에 투자했다.

염구악은 심심하던 차에 잘됐다는 듯 네 사람의 수련을 도와주었다.

그는 네 사람의 자질이 보기보다 더 뛰어나다는 것을 알고 놀라 감탄해 마지않았다.

북궁천에게 배우며 초식 운용에 대해서만큼은 이미 일류 수준을 넘어선 상태. 초식만으로 대결하면 염구악조차 방심

할 수 없을 정도였다.

다만 아쉬운 것은 약한 공력이었다.

북궁천이 가르쳐 준 심법을 배운 지 이제 겨우 서너 달. 지닌 실력에 비해서 공력이 상대적으로 약했다.

염구악은 그 점이 너무 아쉬웠지만 당장 다른 방법이 없었다.

第十章

천조혈심기(天嘲穴心氣)

따사로운 햇빛이 쏟아지던 어느 날.

방곡추가 치료를 시작한 지 열흘이 흘렀을 때였다.

북궁천은 방곡추가 찾는다고 하자 행여나 무슨 일이 있나 싶어서 득달같이 달려갔다.

헌원려려 앞에 앉아 있는 방곡추의 표정은 전과 달리 침중했다.

자신감이 넘쳐 광기마저 느껴지던 눈빛은 깊게 가라앉아 있고, 그러잖아도 무표정하던 얼굴은 바위처럼 굳어 있었다.

가슴이 철렁한 북궁천은 급히 그의 옆으로 가서 걱정스런 목소리로 물었다.

"무슨 일이라도 있소?"

그런데 방곡추가 고개를 들더니 뜻밖의 요구를 했다.

"전에 육가가 준 상자 속의 불상을 좀 봤으면 싶군."

불상을 왜 보자는 걸까?

북궁천은 의아한 표정을 지은 채 흑옥불상을 꺼내서 건네주었다.

방곡추는 흑옥불상 하나를 꺼내더니 갑자기 밖으로 나갔다.

북궁천은 곤혹스런 표정을 지은 채 그를 따라 나갔다.

밖으로 나간 방곡추는 태양 쪽을 향해 불상을 들고는 눈을 가늘게 뜨고 살펴보았다.

그렇게 얼마나 지났을까, 그의 입에서 뜻밖의 말이 흘러나왔다.

"역시 내가 잘못 본 것은 아니군."

"그게 무슨 말이오?"

"이건 사백 년 전의 천조괴승(天嘲怪僧)이 만든 것이다. 이 안에 그의 모든 것이 들어 있다고 해도 과언이 아니지. 네가 이 안의 천조혈심기(天嘲穴心氣)라는 운기법을 깨닫는다면 저 여인의 미세혈맥을 뚫을 수 있을 거다."

뜬금없는 말.

의아해하던 북궁천은 그가 한 말 뜻을 천천히 음미해 보았다.

그리고 곧 방곡추한 말의 의미를 확연히 깨달았다.

"그러니까, 이 안에 천조괴승이라는 사람의 절기가 있고, 내가 그걸 깨달으면 려려를 깨어나게 할 수 있다, 그 말이오?"

"정확히는 그 운기법으로 미세혈맥의 막힌 부분을 뚫을 수 있다는 뜻이다. 미세혈맥만 뚫는다면 정신을 차릴 가능성이 지금보다 배로 늘어날 거다."

북궁천이 방곡추를 노려보며 소리치듯 말했다.

"그런데 왜 진작 말하지 않았소!"

"천조괴승은 별호 그대로 하늘을 농락할 정도의 의술을 지녔던 기승(奇僧)이다. 그도 나처럼 정통 의술에서 벗어난 괴이한 의술을 익혔지. 나는 내가 가진 재주가 그에게 뒤진다고 생각하지 않았다. 지금도 그 생각은 마찬가지고. 하지만 네 여인을 깨어나게 하는 것만큼은 그가 나보다 나을지 모르겠다. 최소한 무공 쪽은 그가 나보다 앞서 있으니까."

려려가 죽을지 모르는데 호승심 때문에 말하지 않다니!

그것도 열흘이 지나도록!

북궁천의 가슴에서 분노가 치밀었다.

하지만 방곡추의 눈을 직시한 그는 화를 낼 수가 없었다.

한 점 흔들림 없는 방곡추의 눈빛은 자신에 대한 확고한 믿음으로 가득 차 있었다.

그리고 사실 그는 최선을 다했다.

어차피 흑옥불상의 내력을 알든 모르든 그간의 과정을 거쳐야 했다. 죽은피를 빼내고 기를 북돋아 줘야 했으니까.

다만 미세혈맥을 뚫는 것도 자신의 실력으로 해결할 수 있을 거라 생각했는데, 그게 마음대로 안 되었을 뿐.

'정말 괴팍한 성격이군.'

북궁천은 차분히 생각을 가다듬고 분노를 가라앉혔다.

방곡추에게 무슨 죄가 있을까?

그나마 헌원려려가 아직 살아 있고, 금방이라도 깨어날 것처럼 기력이 충만한 것도 모두 방곡추 덕분이 아닌가?

그로선 오히려 고마워해야 할 판이었다.

쓴웃음을 지은 그는 흑옥불상을 바라보며 물었다.

"이 안에 있다는 천조혈심기는 어떤 것이오?"

"그건 네가 알아봐라."

"어떤 것인지도 모르면서 어떻게 미세혈맥을 뚫을 수 있다고 자신한단 말이오?"

"내가 아는 것은, 천조혈심기를 익히면 머리카락보다 가느다란 진기를 발출해서 자유자재로 움직일 수 있다는 것이다. 그러니 미세혈맥을 뚫지 못할 것도 없지."

"부작용은 없소?"

"부작용이 없는 치료법은 없다. 세기를 잘못 조절하면 뇌에 손상이 올 수도 있다. 그럼 죽을지도 모르지."

죽을지도 모른다는 말에 북궁천의 표정이 돌덩이처럼 굳어졌다.

'젠장, 뭐 하나 쉬운 게 없군.'

＊　　　＊　　　＊

하나의 흑옥불상에는 모두 서른여섯 개의 선이 그어져 있었다.

셋을 합쳐 백팔 개의 선.

태양에 비추면 마치 불상이 살아 있기라도 하듯 그 선을 따라서 빛이 움직였다.

북궁천은 사흘 동안 백팔 개의 선을 따라 움직이는 빛의 진로를 머릿속에 완벽하게 기억했다.

그리고 빛의 진로를 따라 자신의 기운을 움직였다.

괴이하게도 빛은 정상적인 경맥의 이동로를 따라 움직이는 것이 아니었다.

때로는 정상적으로 흐르다가도 느닷없이 전혀 알려지지 않은 생경한 곳으로 흘렀다.

기의 운행을 조금이라도 아는 사람이라면 그러한 기의 운행이 얼마나 위험한지 모르지 않을 것이었다.

하지만 북궁천은 이를 악물고 불상에 그어져 있는 선을 따라서 진기를 이동시켰다.

헌원려려를 깨울 방법이 달리 없는 이상 그에게는 다른 선택의 여지가 없었다. 그나마 무공과 연관된 요상법이라는 게 그에게는 다행이었다.

처음에는 통로가 완전히 막혀 있기라도 하듯 격렬한 거부감으로 경맥이 요동쳤다.

그런데 지속적으로 기를 운행시키자 미세한 통로가 열리면서 조금씩, 조금씩 진기가 흐르기 시작했다.

수련을 시작한 지 사흘 만이었다.

북궁천은 새로운 경험이 신기하기만 했다.

동시에 헌원려려를 깨우는 일이 정말 가능할지 모른다는 희망에 들떠서 더욱더 천조혈심기의 수련에 매진했다.

북궁천이 백팔 개의 선과 동일한 진로로 진기를 움직일 수 있게 된 것은 보름째 되던 날이었다.

그때부터는 진기의 강약을 조절하는 데 집중했다.

그렇게 수련을 시작한 지 한 달이 지나자, 마침내 천조혈심기를 자유자재로 조절할 수 있게 되었다.

북궁천은 머리카락처럼 가느다란 진기를 자신이 원하는 대로 움직일 때까지 반복해서 연습했다.

단 한 번의 실수도 용납되지 않았다. 실수 한 번이 헌원려려를 죽음으로 몰고 갈 수도 있는 것이다.

하지만 혼자서 연습하는 것은 한계가 있었다.

그가 천조혈심기를 사용하려는 상대는 사람이다. 그러니

사람을 상대로 연습해 보지 않고선 완벽하게 기를 다스릴 수 있다고 장담할 수 없었다.

누구보다 그 일을 잘 아는 사람이 방곡추였다.

그는 북궁천이 고민하는 걸 보고 방법을 조언해 주었다.

"네 아우들을 상대로 시험해 봐라."

북궁천은 생각할 것도 없다는 듯 고개를 저었다.

"싫소. 내 욕심을 채우기 위해서 아우들을 이용하고 싶진 않소."

"성공하면 그들에게도 도움이 될 것이다."

도움이 된다는 말에 북궁천이 멈칫했다.

절대지경의 고수인 그가 그 말의 의미를 모를 리 없었다.

"정말 도움이 될 거라 보시오?"

"어릴 때 방치해 놓아서 경맥이 탁하고 굳어 있더군. 너의 고강한 공력으로 천조혈심기를 펼쳐서 정화시켜 주면 공력에 빠른 진보가 있을 거다."

충분히 이해되는 말이다.

그러나 아무리 그렇다 해도 결국은 자신의 이익을 위한 것일 뿐 순수한 도움이라 할 수 없다. 자칫하면 도움은커녕 다칠지도 모르고.

북궁천이 갈등하고 있는데 방곡추가 한마디 추가했다.

"너무 걱정할 것 없다. 위험지경까지 기를 운용할 필요는 없으니까. 그리고 육가가 가진 것 중 하나를 얻어서 그들에게 도움이 되는 약을 만들어 복용시키면 보다 더 효과적일 거다."

그 정도라면 미안함이 덜어질 것 같다.

그래도 당사자의 뜻을 알아보기 위해서 북궁천은 태극문의 세 제자와 이조량을 불렀다.

네 사람은 북궁천의 말을 듣더니 털썩 무릎을 꿇고 사정하듯이 말했다.

"죽어도 후회하지 않겠습니다, 대형!"

"어떤 고통도 이겨 낼 수 있으니 걱정 마십시오!"

오히려 그들은 행여나 북궁천이 청을 철회할까 봐 걱정되는 표정이었다.

육대기는 방곡추의 말을 듣고 펄쩍펄쩍 뛰었다.

"뭐라고요? 금령초(金鈴草)의 열매를 내놓으라고요? 당형, 그게 어떤 건데……."

금령초의 열매는 그가 가진 두 가지 보물 중 하나였다.

그가 그것을 보유하고 있다는 걸 아는 사람은 방곡추뿐이었다. 아마 다른 사람이 알았다면 전처럼 빼앗기 위해 한바탕 소란이 일어났을지 몰랐다.

"못 줍니다, 못 줘요! 제가 왜 그걸 줘야 한단 말입니까?"

육대기는 거부하는 것만으로는 안심이 안 되는지 자리에서 일어났다.

“저는 이제 그만 가 보렵니다. 솔직히 제가 특별히 도울 것
도 없잖습니까?”

그 때 방곡추가 말했다.

“그걸 내놓으면 자네가 전에 달라고 했던 것을 주지.”

“글쎄, 못 준다니……”

막무가내로 거부하던 육대기의 움직임이 갑자기 멎었다.

눈을 두어 번 깜박인 그는 방곡추를 빤히 쳐다보며 확인
하듯이 물었다.

“정말입니까?”

“나는 거짓말을 하지 않아.”

“하, 하, 하. 그거야 저도 알죠. 당 형이야말로 입 밖에 내
뱉은 말은 목이 달아나도 지키는 분 아닙니까?”

머쓱하게 웃으며 머리를 긁적인 육대기는 방곡추를 향해
머리를 바짝 들이밀더니 이해할 수 없다는 표정으로 물었다.

“그런데 당 형, 왜 저자를 도와주려고 그 아까운 것들을
다 허비하시는 겁니까?”

육대기는 정말로 알 수가 없었다.

다른 사람들은 모르지만 그는 안다. 방곡추가 쓴 약재들
이 천금을 줘도 살 수 없는 희귀한 것들이란 걸.

그러나 방곡추에게는 천금보다 더 중요한 이유가 있었다.

“단순한 치료가 아닌, 이 방곡추의 자존심이 걸린 싸움이
야. 막힌 미세혈맥을 뚫진 못했지만, 다른 것만큼은 나의 치

료법이 잘못되지 않았다는 것을 확인하고 싶네. 그런데 천조혈심기의 치료가 실패한다면 그조차 증명할 수 없으니 반드시 성공해야만 해."

"그래 봐야 결국은 천조혈심기의 효과만 부각되는 것 아닙니까?"

"흥, 내가 일 차로 헌원려려의 상태를 다스려 놓았기에 망정이지 천조혈심기만으로는 절대 그녀를 깨어나게 할 수 없네. 그것은 그저 미세혈맥을 뚫는 단편적인 치료일 뿐이니까. 그러니 이번 치료가 성공할 경우, 내가 천조혈심기를 대체할 수 있는 방법만 깨닫는다면 나 혼자서도 똑같은 상태에 처한 환자를 치료할 수 있다는 말이 아니겠나?"

"그것도 그렇군요. 뭐, 좋습니다. 당 형께서 그리 말씀하시니 저도 협조하죠. 그런데 말이죠. 혹시…… 전에 받아 두었던 단화린의 피 남지 않았습니까?"

"약재와 버무려서 달인 후 환으로 만들어 두었네. 이번에 그것도 함께 쓸 생각이야."

"전부요? 남으면 저도 좀…… 헤헤헤."

*　　　*　　　*

이정한과 동호량, 초강, 이조량은 방곡추가 조제한 약을 복용하며 북궁천의 실험 상대가 되었다.

북궁천은 약기운이 그들의 내부에서 활성화되었을 때 실험을 시작했다.

방곡추가 조제한 약은 양기가 무척 강했다. 응집하면 찌꺼기처럼 달라붙어 있는 탁기를 태워 버릴 수 있을 정도로 강하고 뜨거웠다.

북궁천은 먼저 그들의 십이정경과 기경팔맥을 정화하는 데 힘썼다. 주요 경맥이 먼저 정리되어야만 세맥에 손댈 수 있었다.

사흘에 걸쳐서 주요 경맥을 정화시킨 그는 천조혈심기로 양기를 인도해서 서서히 세맥을 통과했다.

머리카락처럼 가느다란 기운이 양기를 머금은 채 세맥을 통과할 때마다 실험 상대의 몸이 진동하듯이 떨렸다.

하지만 북궁천은 멈추지 않았다. 대신 너무 빠르게 진행하면 충격을 받을지 모르는 터라 최대한 속도를 늦추고 전진시켰다.

나흘에 걸친 실험은 성공적으로 마무리되었다.

태극문 제자들과 이조량에게는 기연이나 다름없었다.

경맥이 정화되었을 뿐만 아니라 방곡추가 조제한 영약 덕분에 내공마저 일취월장한 것이다.

마침내 천조혈심기의 운용에 자신이 생긴 북궁천은 헌원려려의 미세혈맥을 뚫는 일에 도전하기로 결심했다.

그리고 그날 저녁. 헌원려려와 마주 앉았다.

그동안 방곡추가 먹인 약의 효과 덕분인지 헌원려려는 조금 전에 잠이 든 것처럼 보였다.

"네 피와 섞어 만든 탕약으로 인해서 이 여인의 몸속에는 지금 강한 양기가 똬리를 틀고 있다. 그 양기로 미세혈맥을 막고 있는 엉킨 피를 녹여라."

방곡추가 북궁천에게 앞으로 해야 할 일에 대해서 말했다.

북궁천은 심호흡을 해서 마음을 가라앉히고 오른손은 헌원려려의 명문혈에, 왼손은 풍부혈에 얹었다.

이제 모든 것은 그의 손에 달려 있었다.

*　　　*　　　*

미세혈맥의 막힌 부분을 뚫는 일은 살얼음판 위를 걷는 것보다 더 조심해야 했다.

하나하나가 극히 위험한 곳에 위치해 있어서 긴장을 늦출 새가 없었다.

게다가 너무 빨라도 충격을 받을 수 있기 때문에 굼벵이 기어가는 것조차 쾌속으로 느낄 만큼 느릿하게 진행해야만 했다.

그렇게 이틀을 쉬지 않고 천조혈심기를 운용한 북궁천은 사흘째 새벽이 되자 탈진한 사람처럼 축 처져서 헌원려려의 몸에 대고 있던 손을 떼었다.

막 방으로 들어서던 방곡추가 눈빛을 반짝이며 그에게 물었다.

"어떻게 되었나?"

"방 의원이 말한 혈맥은 다 뚫은 것 같소."

"그래?"

방곡추는 헌원려려의 풍부혈에 손을 대고 눈을 지그시 감았다.

그리고 반 각이 지날 무렵 눈을 뜨고 말했다.

"일단 미세혈맥은 대부분 뚫렸군."

"그럼 이제 깨어나는 거요?"

"며칠 기다려 봐야지."

"미세혈맥이 뚫렸는데도 깨어나지 못할 수 있단 말이오?"

"그거야 하늘에 달렸지. 이제 나에게 맡기고 그만 나가 봐. 이곳에 있으면 방해만 되니까."

방곡추는 조금도 고민하지 않고 간단하게 축객령을 내렸다.

북궁천은 좀 더 지켜보고 싶었지만 방곡추가 신중한 표정으로 장침을 꺼내는 걸 보고 자리에서 일어났다.

장침이 헌원려려의 머리에 꽂히는 것을 보고 있으면 가슴이 조마조마했다.

마치 자신의 머리에 저 기다란 침이 꽂히는 것만 같아서 고문이 따로 없었다.

밖으로 나가자 공손설이 달려왔다.

"어떻게 되었어요?"

"일단 미세혈맥은 뚫었다만 조금 더 기다려 봐야 할 것 같다."

"휴우, 어쨌든 성공했다니 다행이에요. 언니가 빨리 깨어나야 할 텐데……."

"아우들은 어디 갔지?"

"저 위쪽에서 수련하고 있을 거예요. 방 의원님과 오빠 덕분에 내공이 늘어난 이후로, 한 줌의 진기라도 자신의 것으로 소화해야 한다면서 거의 미친 사람처럼 수련만 하고 있어요."

"그래?"

무덤덤하게 대답한 북궁천은 갑자기 생각나기라도 한 듯 공손설을 빤히 바라보며 물었다.

"그런데 너는 왜 여태 안 가고 여기 있는 거냐?"

공손설을 울고 싶었다.

하지만 우는 대신 북궁천을 째려보며 톡 쏘아붙였다.

"청승맞은 어떤 오빠가 절벽에서 떨어질까 봐 걱정돼서 안 가고 있는 거라구요!"

*　　　*　　　*

미세혈맥이 뚫리고 방곡추가 치료를 재개한 지 사흘째 되던 날.

"오빠아아아아!"

불상을 향해 천 번째 절을 올린 북궁천이 막 몸을 세웠을 때 공손설의 뾰족한 외침이 운봉사를 뒤흔들었다.

북궁천은 헌원려려에게 무슨 일이 생겼나 싶어서 날듯이 불전을 뛰쳐나갔다.

"무슨 일이냐?"

"언니가 깨어났어요!"

북궁천은 입이 바로 열리지 않았다.

석상이 된 것처럼 멍하니 공손설을 바라보던 그는, 금방 눈물이 쏟아질 것 같은 그녀의 표정을 보고나서야 거짓말이 아니라는 것을 깨달았다.

"려려가, 려려가 깨어났다고?"

나직이 말을 되뇐 그는 바닥을 박차고 헌원려려가 있는 방까지 한걸음에 날아갔다.

급히 문을 열고 안으로 들어가자 방곡추가 그를 째려보았다.

"겨우 깨어났는데 또 정신을 잃게 만들 생각인가?"

"정말, 정말 깨어났소?"

"이제 겨우 눈만 한 번 떴을 뿐이다. 제대로 정신을 차리려면 시간이 걸릴 것이니 방정 떨지 말고 차분히 기다려."

북궁천은 졸지에 방정 떠는 사람이 되었음에도 기쁨을 금치 못했다.

"고맙소, 방 의원. 정말 고맙소! 내 은혜를 잊지 않겠소!"

육대기도 자신의 공을 자랑했다.

"내 공도 잊지 마쇼. 밤잠도 못 자고 옆에서 심부름하고 약재까지 내놓았으니까."

대신 낮에 실컷 잤다.

내놓은 약재 이상의 이득도 보았다.

북궁천도 그걸 알았지만 순순히 육대기의 공을 인정해 주었다.

"수고했소. 앞으로도 필요한 것이 있으면 부탁하겠소."

"피, 필요한 거요? 뭐…… 그러죠."

'지미, 괜히 자랑했네.'

그날 저녁, 헌원려려가 또 눈을 떴다.

이번에는 바로 감지 않고 한참 동안 허공을 바라보았다.

"려려, 내가 보여?"

북궁천이 바짝 다가앉으며 물었다.

헌원려려의 눈동자가 느릿하게 돌더니 북궁천을 응시했다.

"려려……"

북궁천이 그녀를 부르며 손을 잡았다.

그 때였다. 헌원려려의 눈에 물기가 고이더니 주르륵, 뺨을 타고 흘러내렸다.

북궁천은 손을 뻗어 그녀의 뺨을 타고 흐르는 눈물을 닦아 주었다.

"울지 마라, 려려. 무려 두 달 만에 정신을 차렸단다. 빨리 털고 일어나서 나와 놀러가자. 벌써 봄이 왔거든."

잔잔하게 말하는 그의 눈에도 눈물이 고였다.

목소리도 잘게 떨렸다.

헌원려려는 가늘게 몸을 떨더니 가만히 눈을 감았다. 그러고는 한참이 지나도록 눈을 뜨지 않았다.

북궁천은 그녀가 다시 잠에 빠졌다는 걸 알고도 그녀에게서 시선을 떼지 않았다.

'고맙다, 깨어나 줘서 정말 고맙다, 려려.'

헌원려려의 손을 잡은 그는 잠든 그녀를 바라보며 꼬박 밤을 보냈다.

방으로 들어오려던 사람들은 분위기가 심상치 않음을 보고 슬그머니 나갔다. 공손설조차 손가락으로 눈물을 찍으며 돌아섰다.

헌원려려가 다시 눈을 뜬 것은 이튿날 아침이었다.

북궁천은 그녀가 눈을 뜨자 반갑게 말을 붙였다.

"정신이 들어? 내가 보여?"

헌원려려는 힘겹게 눈을 돌려서 그를 바라보았다. 눈 가장 자리가 가늘게 떨리는 걸 보니 그의 말을 알아들은 듯했다.

북궁천은 가슴이 먹먹해서 웃음만 지을 뿐 아무 말도 못 했다.

그런데 한참 동안 그를 바라보던 그녀가 들릴 듯 말 듯 나직한 목소리로 입을 열었다.

"여긴 어디……?"

"면산의 운봉사라는 사찰이다. 백의곡에서도 네가 깨어나 지 않아서 이곳까지 왔다. 다행히 방곡추라는 의원을 만나서 네가 지금 이렇게 정신을 차린 거다, 려려."

북궁천은 그간의 사정을 쉬지 않고 말해 주었다.

헌원려려는 기쁨에 찬 그가 가슴에 쌓인 말을 모두 쏟아 낸 뒤에야 다시 말문을 열었다.

"우리…… 진아……."

〈다음 권에 계속〉